图书在版编目（CIP）数据

走向大洋：乘中国军舰出访手记 / 查春明著．—长沙：湖南科学技术出版社，2021.6
ISBN 978-7-5710-0930-4

Ⅰ．①走… Ⅱ．①查… Ⅲ．①新闻报道－作品集－中国－当代 ②新闻摄影－中国－现代－摄影集Ⅳ．① I253.2 ② J429.1

中国版本图书馆 CIP 数据核字 (2021) 第 059553 号

ZOUXIANG DAYANG CHENG ZHONGGUO JUNJIAN CHUFANG SHOUJI
走向大洋：乘中国军舰出访手记

著　　者：查春明
责任编辑：李文瑶
出版发行：湖南科学技术出版社
社　　址：长沙市芙蓉中路一段 416 号泊富国际金融中心
网　　址：http://www.hnstp.com
湖南科学技术出版社天猫旗舰店网址：http://hnkjcbs.tmall.com
邮购联系：本社直销科 0731-84375808
印　　刷：湖南天闻新华印务有限公司
（印装质量问题请直接与本厂联系）
厂　　址：湖南望城·湖南出版科技园
邮　　编：410219
版　　次：2021 年 6 月第 1 版
印　　次：2021 年 6 月第 1 次印刷
开　　本：787mm × 1092mm 1/16
印　　张：21.5
字　　数：200 千字
书　　号：ISBN 978-7-5710-0930-4
定　　价：128.00 元

序言

世界知识之旅

俱孟军

翻开《走向大洋——乘中国军舰出访手记》，跟着作者，劈波斩浪，航行世界，是一次难得的知识旅行。太平洋，印度洋，大西洋；红海，地中海，波罗的海；马六甲海峡，英吉利海峡，直布罗陀海峡；尼罗河，苏伊士运河，巴拿马运河。这些，从课本上，电影中，小说里，熟悉的地球水域，许多人，一生不曾去过；或者，去过，只是坐船看海，印象一片汪洋。

查春明，新华社驻海军摄影记者。从 1997 年 2 月开始，十多次乘坐中国军舰，跨越太平洋，穿越印度洋，横渡大西洋，总航程超过 18 万海里。他的足迹，遍及世界东西南北，踏访几十个国家，总里程可绕地球 8 圈。摄影，是他的本职；文字，是他的擅长。但是，阅读《走向大洋——乘中国军舰出访手记》，无论精美照片，还是生动文字，洋溢出来的，都是知识情怀。

作为记者，写出要素齐备的新闻，这是基本功。让新闻产生知识，使读者更多受益，则是记者高手。《走向大洋——乘中国军舰出访手记》，这本记者手记，就是充满知识的世界百科。知识性，是这本书的最大特点。查春明是军事记者，但是，书中展现的不仅是军事活动、舰船武器，更是四海八方、万物丛生。地理、历史、文化乃至饮食、神话等，书中自然交融。阅读《走向大洋——乘中国军舰出访手记》，伴随作者出行，既开阔视野，更收获知识。

书的开篇，他写地中海。这个“地球的肚脐眼”，位于三大洲之间，陆地中间之海，故称“地中海”。这样的介绍，生动形象，就像中学课文，让人好懂易记。地中海的历史，从 18 世纪、19 世纪，第一次世界大战、第二次世界大战，时至今日，西方大国的争夺、美国第六舰队的存在等，波澜起伏，历历在目。读者跟着作者在时空中大跨度穿越，历史知识，国际关系，尽收脑海。

记述加勒比海，这个“位于南美大陆、安的列斯群岛、中美洲地峡之间的陆间海”，知识跃然纸上。“世界上最大的内海”“沿岸国家最多的大海”“位于大西洋西部边缘”，被誉为“美洲地中海”。17 世纪的时候，这里就是来自欧洲大陆的商旅舰队到达美洲的必经之路。加勒比海，以印第安人部落族命名，意为“勇敢者”或是“堂堂正正的人”。这些知识，地理或历史老师，可以信手拿来，当作学生考题。

知识，是书的核心；联想，是他的写作特点。经历地中海，作者想起《地中海乐园》，这部具有二战背景的战争喜剧片，获过奥斯卡最佳外语片奖。这让没有看过这部电影的读者，会产生找来看一看的冲动。作者的联想能力，也是写作的成功所在。他站在法国的“天涯海角”，想起中国山东的“天尽头”，海南三亚的“天涯海角”，进而生出感悟，占地球 7/10 的海洋如同纽带，把全世界人民紧密相连，“天涯”并不遥远。踏访地球之角，绵延的安第斯山脉和浩瀚的太平洋中间，有一个国土狭长的国家，位于南美大陆最南端的智利。写到这里，作者想到了传说：“当初圣母玛丽亚用泥巴捏出了美洲大陆之后，用手中最后的也是最好的一抹泥巴，信手抹在了南美大陆的边缘，这最后的一抹就形成了美丽富饶的智利。”阅读这样的一本书，读者也可以“脑洞大开”。

这样一本写大洋的书，离不开资料和数字。但是读起来没有枯燥乏味。苏伊士运河，这条“世界上最繁忙的运河”，作者把新旧资料，翔实数据，巧妙地穿插于文字中。不仅有过河的船舶数量，还有过河的费用，甚至写到我国的中远集团，每年就有 700 多艘船通过苏伊士运河，并向埃及政府交付一笔非常可观的过河费。这种写作手法，书中多处可见。比如，夏威夷，不仅有风光，还有岛上居民的养生，平均寿命 85 岁。夏威夷的房价，跳进书中，贴近生活。夏威夷的房子全美国最贵，但和北京比起来，一般性住房要便宜许多。北京，在作者的心中，始终是中心坐标。写智利，这个最靠近南极的国家，作者特别提到，离中国最遥远，与北京时差长达 12 个小时。

荒芜贫困的吉布提在作者的笔下，同样长出知识，产生道理。查春明用发现的眼睛、新闻的逻辑，找特点，写不同。最小抑或最大，都是读者的兴趣点。吉布提，“非洲最小的国家”“扼红海进入印度洋的要冲”“炽热的海滨之国”。尤其是，吉布提名称的由来，有趣，有味，有深意。几个欧洲人，同一位吉布提老人的对话，因为语言的不通，才有了“吉布提”之音，“沸腾的锅”之意，“炽热的海滨之国”之称。这里，语言翻译，气候特征，欧洲与非洲关系的渊源，融合在一起，让人思考诸多。

书中，大海大洋，应有尽有。我最熟悉的，是波罗的海。这是我人生第一次看到的大海。因为，出生在没有海的中国北方农村，到远离大海的北京读书，后来去苏联留学。阅读查春明写的波罗的海，亲切感油然而生。他的笔下，波罗的海这个“地球上最大的半咸水水域”，比我的认知，更加丰富多彩。波罗的海的长度、宽度、深度、面积和水质、气候乃至气象成因、海岸线、沿岸国家、名城名湾等，书中详尽列举。他写到了我的熟悉，我读到了我的未知。

他的文字，既把我带回当年，又让我想着重返。读书，让人有所知，更有所想，也是意义所在。

查春明的采访，不分时间，能采尽采，绝不放过。穿越“欧洲隧道”，凌晨5点，人们熟睡之时，“广州”舰的右舷方向，突然出现一片灯火辉煌的城市。舰上一位军官告诉他，这是法国的一座城市，英吉利海峡海底隧道，就是从这里开始的。“一艘英国海军潜艇在地中海与中国军舰擦肩而过”，看情景，就是瞬间，他也能捕捉在镜头里。没有准备，错过，就是永远。他是名副其实的采访者，哪怕是报道业务之外。赴意大利西西里岛第二大城市卡塔尼亚，采访世界军人运动会，埃特纳火山在城市附近。于是，他利用运动会间隙，登上这座欧洲最高的活火山。站在火山口边，俯瞰近处的城市和远处的地中海，眼前的场景巍巍壮观，记者的境界随之升华。

查春明，舰艇水兵出身，海军生涯40年。大海航行，写舰船，题中应有之义。这本书中，世界军事、舰船知识、术语专业等。比如，他写俄罗斯海军“瓦良格”号导弹巡洋舰，舰长舰宽、吃水排水、推进方式、舰上装备、导弹射程等，技术之详尽，堪称舰员手册。不过，如果书中，仅有这些，就会兴味索然。接着，他用更多的文字，写出“瓦良格”的百年沧桑。赫赫战功，千疮百孔，过去现在，让人兴致盎然。来到美国海军的“星座”号航母，他看到的，不仅是巨大的海上“堡垒”，现代化的海上“城市”，还有舰上的“食堂”。这里的伙食，竟然是一日四餐，早餐、午餐、晚餐和夜餐。

这本书，友谊必不可少。无论航船驶向哪里，都能追溯中外交往，播种新的友好。书中，我们看到中国和秘鲁，远隔着重洋，但是，在公元12世纪以前，那里的陶器上，就雕刻着莲台打坐的东方人像。15世纪到16世纪，中国的丝绸等商品就横渡太平洋销往秘鲁等地。19世纪下半叶，数十万华工移入拉美，主要集中在秘鲁。在德国北部的高速公路上，对方陪同苏珊说：“我有530名中国男朋友。”这些用词，不乏幽默风趣，友好情感。难忘的中德海军士官啤酒招待会，“德国啤酒享誉世界”，中国水兵开怀畅饮。在美国海军的“星座”号航母，作者采访华人水兵，热情书写两军交往。

查春明的写作，充满激情，有天气，接地气，见人气。“地中海，我来了！”“火红的太阳从西奈半岛喷薄而出。”“英吉利海峡，波涛滚滚，蓝天上浮动着朵朵白云。”“一踏上吉布提，真的就像进入了沸腾的锅底。”书中的照片配图，同样，给人视觉冲击。绚丽的地中海晚霞，美丽的印度洋晚霞，被白雪覆盖的埃特纳火山。他笔下的大海世界，“神秘的海域”“水晶般清澈”“十二级特大风浪”，激荡胸怀。

不是每一个记者，都可以走遍大洋；不是每一个走遍大洋的记者，都能写出盛满知识的大洋之书。查春明，做到了！

新华通讯社原副总编辑、新华社亚太总分社原社长

2020 年 6 月 12 日于香港

CONTENTS

目录

01

穿越海峡

2007 年 8 月 12 日 16 时 30 分进入地中海，到 8 月 17 日 17 时驶出直布罗陀海峡，中国海军舰艇编队航经意大利西西里岛和撒丁岛，途经埃及、阿尔及利亚、突尼斯、利比亚和摩洛哥等非洲国家，一直向正西航行，穿越地中海，共用了 5 天的时间。航行中，编队官兵在军舰上举行了地中海音乐会、卡拉 OK 比赛、甲板体育运动会等文体活动，出访官兵士气高昂。

地中海大跨越

2007年8月12日16时30分进入地中海，到8月17日17时驶出直布罗陀海峡，中国海军舰艇编队航经意大利西西里岛和撒丁岛，途经埃及、阿尔及利亚、突尼斯、利比亚和摩洛哥等非洲国家，一直向正西航行，穿越地中海，共用了5天的时间。航行中，编队官兵在军舰上举行了地中海音乐会、卡拉OK比赛、甲板体育运动会等文体活动，出访官兵士气高昂。

地中海位于亚平宁半岛、西西里岛和突尼斯之间，以突尼斯海峡为界，分东、西两部分，是世界上最大的陆间海；平均深度为1450米，最深处有5092米；东西长约4000公里，南北最大宽度约1800公里，面积为250多万平方公里。因位于欧、亚、非三大洲之间，地中海又被称为“地球的肚脐眼”，是世界文明的发源地之一。

地中海是欧、亚、非三大洲的交通枢纽，是大西洋、印度洋和太平洋之间来往的捷径。目前，每天大约有2000多艘商船在地中海中航行，西欧输入的石油大约有85%是通过地中海运输的。无论是在经济、政治还是军事上，地中海都具有极重要的地位。因此，中国海军舰艇编队穿越红海、地中海的行动，更彰显出重要的现实意义和深远的历史意义。

↑ 绚丽的地中海晚霞

地中海气候宜人

由于特定的地理位置和海水深度，地中海海水湛蓝，蓝天上飘着朵朵白云。海风习习，让人感到无限爽快。然而，最令我陶醉的，还是地中海的晚霞。地中海的晚霞多姿多彩，与其他海域的落日和晚霞大不一样。军舰是向西航行的，每当晚饭过后，舰上的摄影爱好者就不约而同地来到驾驶室或舰艄的前甲板，用相机记录那最激动人心的时刻。

最早，犹太人和古希腊人称地中海为“海”或“大海”。因古代人们仅知此海位于三大洲之间，故称之为“地中海”。全名意为“陆地中间之海”。该名称始见于公元 3 世纪的古籍。公元 7 世纪时，西班牙作家伊西尔首次将地中海作为其地理名称。

海军气象专家介绍说，地中海气候的特点是：冬季受西风带控制，锋面气旋活动频繁，气候温和，最冷月均温在 4℃ ~10℃之间，降水量丰沛。夏季在副热带高压控制下，气流下沉，气候炎热干燥，云量稀少，阳光充足。全年降水量 300~1000 毫米，冬半年约占 60% ~70%，夏半年只有 30% ~40%。地中海“冬雨夏干”的气候特征，在世界各种气候类型中，可谓独树一帜。

地中海气候独特，夏季干热少雨，冬季温暖湿润，这种气候使得周围河流冬季涨满雨水，夏季干旱枯竭。德国气象学家柯本在划分全球气候时，把它专门列为一类，叫地中海气候。

尽管有诸多的河流注入地中海，如尼罗河、罗纳河、埃布罗河等，但由于它处在副热带，蒸发量太大，远远超过了河水和雨水的补给，使其水收入不如支出多，海水的咸度比大西洋高得多。大西洋的水，由直布罗陀海峡上层流入地中海，地中海的高盐水，从海峡的下层流入大西洋。大西洋很大，水量充足，净流入地中海的水是很多的，每秒钟多达 7000 立方米。要是没有大西洋源源不断地供水，大约在 1000 年后，地中海就会干枯，变成一个巨大的咸凹坑。

地中海气候的分布范围为南北纬 30° ~ 40° 之间的大陆西岸。地中海气候，是唯一的除南极洲以外，世界各大洲都有的气候类型。在所有地中海气候的分布地区中，以地中海沿岸最为明显。其他属于地中海气候的地区还有北美洲的加利福尼亚沿海、南美洲的智利中部、非洲南端的好望角地区和澳大利亚西南沿海等。其分布区大多经济比较发达，也是世界热点地区。

我们航经的地中海，是世界上强地震带之一。这里水下地壳破碎，地震、火山爆发频繁，世界著名的维苏威火山、埃特纳火山就分布在这个区域。

2003 年 12 月，我作为新华社军事记者，赴意大利西西里岛第二大城市卡塔尼亚，采访第三届世界军人运动会，埃特纳火山正好就在这个城市附近。于是，在当地华侨的帮助下，我利用采访间隙，登上了这座欧洲最高的活火山。站在火山口边，俯瞰近处的城市和远处的地中海，眼前的场景巍巍壮观。

由于这座火山距离城市太近，每次火山爆发，卡塔尼亚市都要受到不同程度的损失。市区的海边至今还存有大量的黑色火山石。有趣的是，在我下榻

↗ 2007年8月，中国海军出访舰艇编队“广州”舰和“微山湖”舰跨越地中海。

→ “广州”舰的舰员们在航行中进行体能训练。

↗ 被白雪覆盖的埃特纳火山，坐落在意大利西西里岛第二大城市卡塔尼亚。

的宾馆，早晨推开窗户时，还能看到被白雪覆盖的埃特纳火山，而快到中午时，山顶的雪便全部融化了，几乎每天都是如此。

由于地中海是一个高盐度的陆间海，盐业生产成了沿岸各国的重要经济活动。这里的蒸发量大大超过降水量和河水的补给量，据计算，一年之内，蒸发可使海面降低 1.5 米，如果封闭直布罗陀海峡，地中海将在 1000 年左右干涸。

但是，地中海依然存在，这是因为它具有特殊的水体交换系统。由于海水的温差和与大西洋海水所含盐度不同，地中海和大西洋的海水可以发生有规律的交换。盐度较低的大西洋海水，从直布罗陀海峡表层流入地中海，增补被蒸发掉的水分，盐度高的地中海海水下沉，从直布罗陀海峡下层流入大西洋，形成了海水的环流。但由于地中海四周几乎都是陆地，使环流受到了严重的阻碍，海洋生物赖以生存的氧气和养料被严重阻隔，导致地中海中生活的生物比之其他靠大陆海区的生物更稀少。

当“广州”舰驶出直布罗陀海峡时，海风自东向西吹来，海上泛起白浪，风力已经达到 5~6 级，也就是说，军舰在顺风航行。然而，此时军舰是在以 16 节的航速逆流而行，因为大西洋的海水正在快速流入地中海中。

自古兵家必争之地

地中海在交通和战略上均占有重要地位，自古以来就是兵家激烈争夺之地。

在地中海航行的几天里，中国军舰曾与美国海军阿利·伯克级导弹驱逐舰、德国电子侦察船、法国导弹护卫舰和大型综合补给舰、希腊导弹护卫舰和综合补给舰、俄罗斯舰艇编队等好几个国家的军舰不期而遇。可见，地中海已成为世界各国海军展示自己实力的大舞台。

除在海中有马耳他和塞浦路斯两个岛国和其他一些岛屿外，地中海四周被大陆包围着。其周边有西班牙、法国、摩纳哥、意大利、克罗地亚、波黑、塞尔维亚、阿尔巴尼亚、希腊、土耳其、叙利亚、黎巴嫩、以色列、巴勒斯坦、埃及、利比亚、突尼斯、阿尔及利亚和摩洛哥等 19 个国家。

个 一艘英国海军潜艇在地中海与中国军舰擦肩而过。

地中海西经直布罗陀海峡可通大西洋，东北经土耳其海峡接黑海，东南经苏伊士运河出红海达印度洋，是欧亚非三洲之间的重要航道，也是沟通大西洋、印度洋的重要通道。沿岸有直布罗陀（英）、马赛（法）、热那亚（意）、那不勒斯（意）、斯普利特（克罗地亚）、里耶卡（克罗地亚）、都拉斯（阿尔巴尼亚）、阿尔及尔（阿尔及利亚）、塞得港（埃及）等重要海港。

18 世纪初，英国曾把地中海当作自己的“内湖”。19 世纪初拿破仑横行欧洲时，就曾想夺取英国对地中海的控制权。

第一次世界大战期间，地中海成为交战双方海军积极活动的地区。第二次世界大战中，德、意海军同英国海军在地中海进行过激烈的争夺。时至今日，西方大国仍然在地中海进行着日趋激烈的争夺战。

从第二次世界大战至今，美国第六舰队一直以地中海为根据地，西方一些大国的海军舰只也经常在这里游弋，加剧紧张气氛。从舰艇数量看，今日的地中海，已成为一些西方军事大国军舰凑集密度最大的海域。为了保护国家的主权与安全，沿岸国家纷纷提出“地中海是地中海沿岸国家的地中海”的观点，要求军事大国的舰队和军事基地全部撤出地中海。

个 海军军乐团乐手迎着朝阳，在“深圳”舰的飞行甲板上练乐。

由意大利导演加布里埃尔·萨瓦特瑞斯导演的战争喜剧影片《地中海乐园》，于20世纪90年代初获得奥斯卡最佳外语片奖。这部喜剧影片的故事背景是，二次世界大战期间，8名意大利军人带着一头驴奉命驻守在爱琴海上的一个希腊小岛上。该小岛犹如与世隔绝的世外桃源，镇上淳朴的居民根本感受不到战争气氛。不久之后，这支军队也忘却了他们的任务，跟镇民打成一片，举行足球赛，为村中教堂作壁画，追寻爱情。直至接近大战尾声，一艘军舰前来接载他们回国，才惊悉他们舍不得离开这个人间天堂。由此可见，地中海确实是一个令人向往的地方。

俄罗斯海军欲重返地中海与美“交锋”

2007年8月7日《华盛顿时报》报道，俄海军司令马索林表示，俄海军应该进行战略调整，在地中海设立常驻海军部队。路透社援引军事专家的分析，如果俄海军进军地中海，将与美海军正面“交锋”，大大增加俄在中东事务中的发言权，并在欧洲的软腹部楔入一根钉子。

马索林近日在视察位于塞瓦斯托波尔市的黑海舰队基地时说：“地中海

地带是战略要地，是黑海舰队活动的一个重要区域。我希望俄罗斯海军能够在那儿建立一个永久海军基地。”他还表示，俄海军的黑海舰队、北方舰队和巴尔干舰队可以协调行动，制订进军地中海的战略部署和行动规划。

虽然，马索林没有说明俄海军计划在地中海的哪个地区设立海军基地，但是俄军事专家帕维尔·费尔根豪尔认为，叙利亚的塔尔图斯港将是俄海军优先考虑的目标。

费尔根豪尔说，冷战时期，塔尔图斯港就是苏联海军在地中海的重要军事基地。冷战结束后，俄罗斯海军撤出塔尔图斯港，但在那里保留了部分技术人员，为过往的俄罗斯海军舰船提供技术帮助。如果对港口基地加以整修，它完全可以成为俄海军在地中海的重要据点。

据英国《每日电讯报》报道称，俄罗斯正试图在叙利亚（地中海东岸国家）扩建港口，还与叙利亚和伊朗签订了武器出售合同，试图借此恢复在中东的影响力。俄新网报道称，以色列人认为，若叙利亚港口成为俄罗斯舰队基地，它将变成大型的电子情报和防空中心，直接威胁以色列的国家安全。在第三次中东战争中，为缓解埃、叙等国军队的压力，俄导弹核潜艇曾驶入地中海，拟对以色列实施打击。

此外，俄在地中海建有基地后，可突破美国反导系统的围堵，并威慑那些支持美国在东欧部署反导系统的欧洲国家。从选择的地点看，美国部署的反导系统正在对俄战略力量进行合围。俄在地中海建有基地，可使战略核潜艇更加方便地出入大洋，甚至将潜艇部署在地中海，突破美国反导系统的包围。再加上，地中海是欧洲的软腹部，俄一旦在地中海驻军，就可威慑大部分欧洲国家。

16 日晚，一支俄罗斯海军舰艇编队在夜色中悄悄驶入地中海，与中国海军舰艇编队擦肩而过。

通过直布罗陀海峡

下午 3 时整，编队开始穿越直布罗陀海峡。从甲板上望去，位于西班牙的英属直布罗陀港依稀可见，白色的楼房依山而建，形成大片的建筑群。远山上的白色风车排成了整齐的队伍，特别醒目。我用手中的长焦镜头将那白色的灯标和依山而建的楼房拉到了眼前。

直布罗陀海峡，位于欧洲伊比利亚半岛南端和非洲西北角之间，北岸为西班牙，南岸为摩洛哥，是连接大西洋和地中海的唯一通道。海峡长约 90 公里，最宽处 43 公里，最窄处不足 8 公里。

自苏伊士运河通航后，直布罗陀海峡便成为大西洋通往印度洋和太平洋的捷径，成为世界重要的贸易孔道。据统计，国际海运的 36% 经过这里，每年航经这里的船只有 5 万多艘，西欧各国进口的原油、原料以及出口的工业品

↓ 在直布罗陀海峡眺望直布罗陀市，英国从 18 世纪初期开始管辖至今。

绝大部分要经过这里。因此，人们将这条航道称作西方的“生命线”。直布罗陀海峡也因而成为自古以来兵家所争之地，具有重要的战略地位。大约在18世纪，英国海军将领纳尔逊率领的“无敌舰队”与西班牙海军开战，在取得战争胜利之后，将直布罗陀城占为英国所有。

2001年9月，我随中国海军舰艇编队首次出访欧洲驶进直布罗陀海峡时，“深圳”舰与西班牙海军“亚斯都里阿斯王”级“雷娜索菲亚”号航空母舰不期而遇。这是西班牙唯一的轻型航母，舷号为R11，排水量17188吨，甲板长195.0米，可配备AV8B“斗牛士”垂直/短距离起降攻击机6~12架、SH3“海王”反潜直升机6~10架、AB212型反潜直升机2~4架、SH60B海鹰直升机2架。

也许是巧合，也许是有意安排。当“深圳”舰与它平行的时候，“雷娜索菲亚”号航母为远道而来的中国海军进行了一次精彩的海空演练。

首先，“雷娜索菲亚”号上一架海鹰直升机起飞，做飞行表演，继而两架“鹞式”垂直起降攻击机升空，紧接着双机在两舰之间编队通场。随后，其中一架“鹞式”飞机做了更为精彩的表演：大约在10米高度，“鹞式”机用几乎静止的速度，在航空母舰上空通场，动作非常完美。演练结束后，“雷娜索菲亚”号航母在高高的桅杆上，向中国军舰悬挂起国际信号旗语：“祝你们航行愉快！”之后，渐渐远去。

2007年8月17日17时15分，中国海军舰艇编队驶出直布罗陀海峡，进入大西洋。

→

“深圳”舰在直布罗陀海峡与西班牙海军“雷娜索菲亚”号航空母舰不期而遇。

穿越英吉利海峡

2007 年 8 月 20 日 13 时，由“广州”号导弹驱逐舰和“微山湖”号远洋综合补给舰组成的中国海军出访欧洲舰艇编队，在大西洋战胜比斯开湾的惊涛骇浪后，开始穿越英吉利海峡。

进入英吉利海峡

一进入英吉利海峡，顿时感觉海上的风浪小了许多，浪高从 3~5 米降到了 2 米左右，“广州”舰的摇摆程度减轻了。舰员们纷纷来到位于舰尾的飞行甲板，活动肢体，抓紧时间沐浴海上阳光；摄影爱好者则是用数码相机饶有兴趣地拍摄航行在海峡内的过往船只。

据出访编队参谋长李晓岩介绍，英吉利海峡和多佛尔海峡是世界上海运最繁忙的海峡，战略地位十分重要。其国际航运量很大，目前每年通过该海峡的船舶达 12 万艘之多，居世界各海峡之冠。历史上，由于它对西、北欧各资本主义国家的经济发展有着巨大的作用，人们称这两个海峡的水道为“银色的航道”。

李晓岩上校曾担任过“深圳”舰的舰长，于 2001 年 9 月和 10 月亲自驾舰，两次穿越英吉利海峡，他对这里的航道和海况有着亲身体验。因此，他对英吉利海峡的情况耳熟能详。

↑ 中国海军出访编队穿越英吉利海峡。

20 日 14 时 10 分，又有两艘荷兰海军军舰与中国海军舰艇编队在英吉利海峡相遇。原本在中国军舰正前方纵向编队航行的荷兰海军“鹿特丹”号两栖舰（舷号 L800）和一艘“三伙伴”级“玛库姆”号猎雷舰（M857），在快接近中国军舰时改变了队形，在中国海军舰艇编队左右方位航行，似乎在为中国军舰护航。

国际航运的交通要道

英吉利海峡，位于英国和法国之间，西通大西洋，东北经多佛尔海峡连北海，是国际航运的交通要道。它总长约 600 公里，以法国的塞纳河口到英国南岸的朴茨茅斯为界。其西南是英吉利海峡，东北为多佛尔海峡。前者东窄西宽，平均宽

↓ 英吉利海峡的云霞，变幻莫测。

度约 180 公里，最宽处达 220 公里；后者最窄处为英国多佛尔到法国加来以西的灰鼻岬，仅宽 33 公里。英吉利海峡平均深度为 60 米，最深处 172 米；多佛尔海峡的平均深度为 30 米，最浅处仅 24 米。英吉利海峡潮差较大，有丰富的潮汐动力资源，也是重要的渔场，历史上曾在此发生过多次军事冲突和海战。

英吉利海峡（包括多佛尔海峡）实际上是分割大不列颠岛和欧洲大陆的狭窄浅海，也是欧洲最小的陆架浅海。大不列颠岛原与欧洲大陆相连，后受阿尔卑斯造山运动影响，多佛尔海峡两侧开始褶皱和断裂，海峡地区下沉，海水逐渐上升，造成现在的海陆分布轮廓。现今，这两个海峡所在的地区仍在缓慢地下沉。多佛尔海峡两侧海岸都由白垩系岩层组成，岸壁陡峭，极其险峻。两岸岩石受海水冲刷，岸壁崩落，海岸后退。据统计，海峡宽度每 100 年约增加 1 米。

8 月的英吉利海峡，波涛滚滚，天高气爽，蓝天上浮动着朵朵白云，令人心旷神怡。站在甲板上，我忽然感到一些凉意，身上穿的海军作训服被海风穿透。我向身边随舰出访的海军气象专家请教，他解释说："海峡区气候冬暖夏凉，气温年较差小，常年温湿多雨雾，日照甚少。1 月气温最低，平均为 4℃ ~6℃；7 月最高，约 17℃。在多佛尔海峡的法国海岸一侧，全年有 200 多个雨日，年降水量约 800 毫米；在英国海岸一侧年降水量要少些，每周雨日也有 3 天。海峡地区多雾，经常灰雾茫茫，再加上海面上白浪滔滔，对舰船在海峡的航行会产生严重影响。所以，军舰航行在这里要格外小心。"

↗ 英吉利海峡北岸怀特岛上的别墅群落。

→ 英国怀特岛靠近英吉利海峡的北岸，岛上有迷人的沙滩和闪耀反光的粉白色绝壁。

↑ 随“广州”舰穿越英吉利海峡，来到了英国皇家海军的朴茨茅斯港。朴茨茅斯港是英国海军的诞生地，“胜利”号是英国皇家海军服役时间最长的军舰，至今仍停泊在港里。

穿越海峡的“欧洲隧道”

21 日凌晨 5 时，“广州”舰的右舷方向突然出现一片灯火辉煌的城市。舰上一位军官告诉我，这是法国的一座城市，连通英国和法国的海底隧道——英吉利海峡海底隧道，就是从这里开始的。

1994年5月6日，举世瞩目的连接英国和法国的英吉利海峡海底隧道举行了隆重的通车典礼，英国女王伊丽莎白二世和法国总统密特朗为之剪彩。从此，隔断英伦三岛与欧洲大陆的天堑变通途，只要坐上被称为“欧洲之星”的高速列车，穿越海底隧道，连接伦敦、巴黎、布鲁塞尔仅需3个小时。

英吉利海峡海底隧道的正式名称是“欧洲隧道”。它横穿英吉利海峡最窄处，西起英国东南部港口城市多佛尔附近的福克斯通，东至法国北部港口城市加来，全长50.5公里，其中海底部分长37公里。整个隧道由两条直径为7.6米的火车隧道和一条直径为4.8米的服务隧道组成。两条火车隧道之间相距30米，服务隧道平卧其间。每隔375米，火车隧道与服务隧道间就有一条横向通道，用于隧道维修和发生事故时紧急疏散乘客。

英法海底隧道工程由英法10家大建筑公司组成的TML财团承建。工程费用预算高达150亿美元，是向210家银行贷款和发行股票筹集起来的。工程于1987年12月正式动工。由于难度大，整整花了6年半时间才得以正式竣工，比预定完工时间晚了1年，工程总投资也超出预算1倍。目前，它不仅是欧洲最大的建筑工程，也是世界上耗资最多的工程之一。

这条海底隧道现由欧洲隧道公司负责经营管理。正式投入使用后3年内，它承担起50%的英法两国跨海峡客运量和约30%的货运量。高峰时，2条铁路可同时运送2万名乘客，每隔几分钟就有一趟高速列车通过，穿越海峡时间仅需35分钟。旅客列车分为一等和二等车厢，其中一等车厢备有电话和桌子，免费供餐一顿。列车服务员可用2种以上的语言为乘客服务。

为使隧道成为世界上最安全的通道，欧洲隧道公司除在列车行驶速度和服务方面做出努力外，还在安全方面采取了措施。该公司在隧道内安装了大量先进的安全装置，其中，仅用于隧道运营管理的控制和信息交流系统就有3套。此外，还备有自动灭火装置、防震系统，修建了防弹墙、安全通道，甚至设置了动物捕捉器，以应对因迷路而闯入隧道的动物。隧道内，每隔1.75公里就安置有1个监测器，随时测定温度、烟尘及一氧化碳的含量。

个 法国海军军舰伴随中国军舰在英吉利海峡航行。

2003 年 12 月，我曾在意大利体验过“欧洲之星”，因此对它并不陌生。那是在完成了第三届世界军人运动会的采访报道后，我从意大利首都罗马去威尼斯水城参观，乘坐了享有盛誉的“欧洲之星”高速列车。列车上的高科技设计非常舒适合理，车厢内安静整洁，整个列车只有一名列车员负责管理。

8 月 21 日早晨 6 时 50 分，在多佛尔海峡出口，一架法国海军“海豚”直升机飞临中国海军舰艇编队上空，并低空盘旋一周，像是在对中国海军的到来表示欢迎，也像是在对中国海军成功穿越英吉利海峡表示祝贺。

波罗的海雨后彩虹桥。

穿行在波罗的海

2007年8月23日凌晨，由中国海军“广州”号导弹驱逐舰（168舰）和“微山湖”号综合补给舰（887舰）组成的出访欧洲四国舰艇编队，经过30天、10000多海里的连续航行，穿越斯卡克拉克海峡，首次驶入波罗的海，开辟了中国海军与外国海军友好交往的新航线，为海军对外友好交往史增添了新的一页。

自7月24日驶离三亚港后，该编队一路劈波斩浪，航经太平洋、印度洋和北大西洋3个大洋，南海、红海、地中海、北海和波罗的海5个海区，穿越了新加坡海峡、马六甲海峡、曼德海峡、苏伊士运河、直布罗陀海峡、英吉利海峡等10多个/条海峡和运河，跨越了亚丁湾、比斯开湾和北海3个大风浪区。

巧遇丹麦空军 F16 战机

8 月 22 日 14 时，当编队穿越斯卡克拉克海峡时，一架丹麦空军 F16 战斗机飞临编队上空，巨大的轰鸣声将不少正在午休的舰员吵醒。舰员本以为这是一架路经编队上空的正在训练的战斗机，会一掠而过，但没想到，这架战斗机的丹麦空军飞行员似乎在见到远道而来的中国海军后突然来了情绪，围着 168 编队指挥舰飞行而不肯离去，并且做起了高难度的“飞行表演”。它一会从“广州”舰的右舷高速通过，一会又折回来摇摆着双翼超低空飞行，一会立起机身垂直于海面在“广州”舰左舷边风驰电掣般飞过，一会又突然从低空拉起直上云霄。舰员们目不暇接，纷纷用手中的数码相机和手机拍下了这一难得的特技表演。

在接下来不到 1 个小时的时间里，一架丹麦海军的海上环境检测机飞临了中国海军舰艇编队上空，对这一海区的环境进行检测。我感到了，波罗的海周边国家对自己家门口海洋环境的保护意识是如此强烈。

对出访官兵而言，波罗的海还是一片全新的海域。当军舰行驶在这里时，官兵们显得无比兴奋，因为，穿过波罗的海就可以到达本次出访的第一站——俄罗斯圣彼得堡。官兵们已经对此盼望已久，而且指日可待。

中国海军舰艇编队曾于 2001 年访问过欧洲四国。当时，其最远航程只到了德国的北部城市威廉港。我怀着好奇心来到“广州”舰的海图室，查看这一海区

→ 一架丹麦空军 F16 战斗机飞临编队上空。

↑ 军乐团在航行中为舰员们进行汇报演出。

↗ 一只来自波罗的海的小鸟落在小号上，不愿离开。

的海图。由于航海海图非常专业、复杂，我只好向航海长虚心请教。

航海长介绍说，编队从北海进入波罗的海要经过厄勒、大贝尔特、小贝尔特、里加共 4 个海峡。波罗的海位于东北欧，是欧洲北部连接大西洋的内海，介于瑞典、丹麦、德国、波兰、芬兰之间。

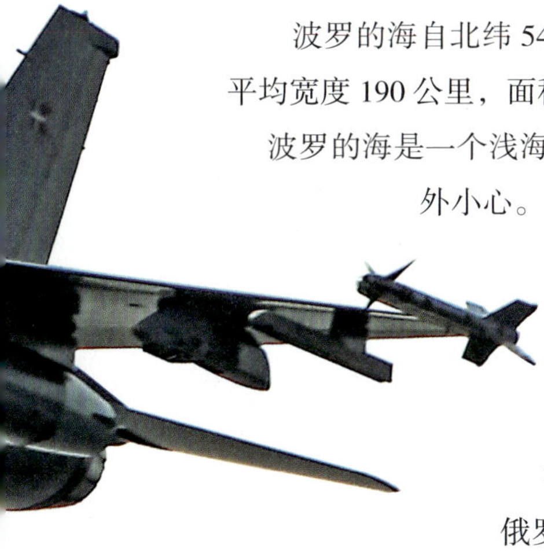

波罗的海自北纬 54° 起向东北延伸到北极圈附近，长 1600 多公里，平均宽度 190 公里，面积 41.4 万平方公里，是地球上最大的半咸水水域。波罗的海是一个浅海，平均深度 55 米，所以，军舰航行到这里时要格外小心。其最深处——哥特兰沟，深 459 米，位于瑞典东南海岸与哥得兰岛间。

波罗的海的海岸线十分曲折，海中岛屿林立，有波的尼亚湾、芬兰湾、里加湾等著名海湾。它的周围分布着挪威、丹麦、瑞典、芬兰、俄罗斯、波兰、德国、爱沙尼亚、拉脱维亚、立陶宛 10 个国家。俄罗斯的圣彼得堡、瑞典首都斯德哥尔摩、芬兰首都赫尔辛基、拉脱维亚首都里加等都是波罗的海沿岸的名城。

通过大贝尔特大桥

23 日上午 9 时 20 分，编队开始通过大贝尔特跨海大桥。海上风平浪静，笼罩着浓浓的海雾，视距只有几链。因此，军舰在穿越大桥时只能低速航行。驾驶室中，“广州”舰舰长赵晓刚、编队参谋长李晓岩正在精心指挥，编队指挥员也在这里亲自坐镇。

大贝尔特跨海大桥高 65 米，跨度 2700 米，1999 年 10 月竣工，横跨在大贝尔特海峡之上，将丹麦的一个海岛和大陆连通，成为大贝尔特海峡的一大景观。我早已准备好了两台佳能数码相机，提前来到了“广州”舰的最高处，这里是拍摄军舰通过跨海大桥的最佳位置。

此时，海面上静得出奇。一群海鸥伴随着几只海豚欢快地追逐着海中的鱼儿。“广州”舰的舰艏像一把巨型爬犁，在海雾中将大贝尔特海峡平静的海

↓ 编队通过大贝尔特跨海大桥时，海上笼罩着浓浓的海雾，舰员们依然兴奋地与大桥合影留念。

面轻轻“犁”开，驶向大贝尔特跨海大桥。近了，更近了！就连大桥上快速跑动的汽车都能看得很清楚了。我激动地屏住呼吸，对准取景框，不停地变换构图，按动相机快门，抓拍中国军舰穿越大贝尔特跨海大桥的画面。

23日上午10时，军舰路经丹麦的一个海岛，岛上的风车、灯塔、房屋和圆顶雷达清晰可见。在蓝天白云下，游艇和帆船在海峡里自由自在地穿行，成群的海鸥在海面上嬉戏飞翔，好一派自然祥和的北欧海上风光。舰员们聚集在飞行甲板上，尽情地欣赏着眼前的美丽画卷。

欧洲贸易的重要通道

我翻阅资料得知，波罗的海一直都是俄罗斯与欧洲贸易的重要通道。从彼得大帝时期起，圣彼得堡成为俄通往欧洲的海上门户。2005年以前，这一地区的进出口货物运量总量占全俄进出口货物总量的40%。

圣彼得堡港是俄西北地区最大的海港，货物吞吐量占全俄第二，仅次于黑海的新罗西斯克港。从亚洲太平洋和东南亚到西北欧，最近的路线是通过欧亚大陆桥和芬兰湾。因此，俄罗斯与伊朗、印度等国合作，计划建造连接印度洋和西欧的“南北走廊”，其北部终点就是波罗的海。

波罗的海的航运意义很大，拥有列宁格勒、加里宁格勒（俄）、赫尔辛基（芬）、斯德哥尔摩（瑞典）、哥本哈根（丹）、罗斯托克（德）、格但斯克（波）等重要的海港。

波罗的海各港口货流结构以初级产品为主，特别是石油、木材、金属等。由于国际石油市场需求旺盛，俄罗斯各大石油公司增加了石油出口的比重和绝对值。俄罗斯西北区各港口是俄主要油田到欧美市场最近的出口，因此，控制着俄罗斯石油、钢铁、木材等资源的金融工业集团不断加大对港口建设的投入。特别是石油巨头，在波罗的海地区配合国家控制的油气管道建设，积极参与修建新的原油出口港。因为有利可图，各方对港口控制权的争夺也十分激烈。

波罗的海是连接俄罗斯本土与加里宁格勒州最便捷的通道，目前已经开通了从圣彼得堡至加里宁格勒的汽车轮渡。正在筹划建设的乌斯季卢加—加里

航行在波罗的海，时常能看到海空中出现的彩虹。

宁格勒—德国的汽车、火车轮渡线路，把加里宁格勒州直接同俄罗斯本土从海上连接起来，不必再经过波罗的海周边国家。在波罗的海三国（位于波罗的海沿岸的爱沙尼亚、拉脱维亚和立陶宛）加入欧盟后，乌斯季卢加—加里宁格勒—德国的汽车、火车轮渡线路建设计划得到了德国的支持，德国决定对其提供技术和资金支持。

在“广州”舰的天文气象室里，随舰出访的海军气象专家正忙着接收从德国自动发来的波罗的海海区气象资料。他说，初秋的俄罗斯圣彼得堡的平均气温约为 20℃，非常宜人，我们上岸后穿两件衣服就可以了。

接着，他还介绍了波罗的海的气象成因。波罗的海海区属温和的海洋性气候，与外海海水交换量不大，注入河流众多，加之气候寒冷，蒸发微弱，成为世界上含盐度最低的海，其波的尼亚湾北端的盐度仅有 2‰ ~3‰，表层水温 8 月为 9℃ ~20℃，2 月为 0℃ ~2℃，海水冬季结冰。

波罗的海地处中高纬度地区，周围有维斯瓦等 250 余条河流常年注入，因此，其海水含盐度只有 7‰ ~8‰，大大低于全世界海水平均含盐度（35‰）。

2007 年 8 月 26 日，出访舰艇编队顺利穿越波罗的海和芬兰湾后，在俄罗斯圣彼得堡港外海，与俄罗斯海军引导舰“斯莫尔尼”号训练舰会合。

27 日 10 时 35 分，“广州”号导弹驱逐舰停靠圣彼得堡港施米特海军中尉码头，开始对俄罗斯圣彼得堡进行为期 4 天的友好访问，这是中国军舰首次到访。

02

过两大运河

2007 年 8 月 12 日清晨 6 时，中国海军出访舰艇编队开始通过苏伊士运河。

2011 年 10 月 14 日 11 时，正在执行“和谐使命-2011”任务的“和平方舟”号医院船在经过 30 昼夜的连续航行，首次成功穿越太平洋后，驶抵东太平洋的巴拿马湾，在锚地抛锚进行燃油补给，准备按照计划于 16 日通过巴拿马运河。这将是中国海军舰艇时隔 9 年后，再次通过巴拿马运河。

过苏伊士运河

2007 年 8 月 12 日清晨 6 时，中国海军出访舰艇编队开始通过苏伊士运河。

凌晨 5 时，“广州”舰就响起了清脆的起床铃声。按照编队要求，过苏伊士运河时，全体人员要着 07 式新式短袖夏常服。我昨天就已经将新军服烫平准备好了，并把所有服饰佩戴完毕。身穿新式军服的舰员们，看上去格外精神，中国海军官兵将以崭新的形象出现在埃及人民面前。

不一会，舰长赵晓刚向全舰下达了起锚备航部署，紧接着，大家就紧张而有序地忙碌起来。水兵们将舰艏巨大的锚链从苏伊士湾中吊起，海底的泥沙随着锚链被带到了甲板上。此时，我看到东方西奈半岛方向已经开始发红，估计太阳不久就要升起了。我急忙抄起两台佳能数码相机攀上“广州”舰的最高处，准备抢拍今天苏伊士运河上的第一缕阳光。

世界上最繁忙的航道

此时，苏伊士城还是一片寂静。

今天，通过运河的船队由 27 艘船只组成，中国军舰被安排在最前面，其中“微山湖”舰在前面打头，“广州”舰紧随其后。船队以每小时 7 节的航速在运河里前行，平稳得让人没有感觉。我手握着装有 35mm-350mm 长焦镜头的数码相机，静静等候着运河日出那激动人心的时刻。

↓ 2001 年 9 月 13 日，中国军舰首次穿越苏伊士运河著名的“穆巴拉克”大桥。

↑ 埃及引水员在“广州”舰驾驶室引领中国军舰通过苏伊士运河。

6时15分，火红的太阳从西奈半岛喷薄而出，映红了半个天空，格外壮观。我激动地连拍着，身边的快门声也响成一片。原来，舰上的摄影爱好者也发现了这个最佳位置，纷纷来到这个制高点拍摄。

苏伊士运河总长172.5公里，有效深度11.5米，航道平均宽110米，最宽处365米，最窄处仅约80米。它是大西洋与印度洋港口间最短的水路，比绕道非洲好望角缩短航程8000~15000公里。苏伊士运河是埃及东北部沟通地中海与红海的世界著名国际人工通航运河，具有极为重要的战略意义与经济意义。

苏伊士运河是埃及劳动人民用血汗建造起来的。1859年，由英、法殖民主义者操纵的苏伊士运河公司开始主持运河的开挖工作。经过10年时间，运河于1869年正式建成通航。在开挖过程中，约有12万埃及人付出了生命。苏伊士运河给英、法资本家带来了巨额利润。

苏伊士运河起始于地中海岸边的塞得港，向南通过曼扎拉湖的盐沼地带。在塞得港以南50公里处，有1849年至1851年期间开挖的11公里长的间道。这个间道允许船只相向而行，而运河的其他绝大部分航道只允许船只单向行驶。

运河从地中海与红海之间的中途进入提姆萨湖，在提姆萨湖的岸边是伊斯梅利亚城。从提姆萨湖到红海，运河连续穿过大苦湖、小苦湖和沙漠区。运河南终点的陶菲克港，距苏伊士城极近，面临苏伊士湾。

苏伊士运河是世界上最繁忙的运河，通过运河的船只从1870年的一年不到500艘，增加到现在的每年2万多艘，船舶数量及其货运量均居国际各运河的首位。

资料显示，1991年运河过河费收益为17.7亿美元，1993年超过20亿美元。现在，苏伊士运河每年为埃及创收非常可观。仅我国中远集团的商船，每年就有700多艘通过苏伊士运河，要向埃及政府交付一笔非常可观的过河费。

埃及苏伊士运河管理局局长法德拉于27日说，今年全年苏伊士运河收入将达到25.7亿美元，创运河自1869年开通以来的最高记录。他表示，明年运河船只通行费维持不变。

苏伊士运河连接红海与地中海，是一条具有重要战略意义的国际海运航道。目前，每年通过苏伊士运河的货物量占全世界海运货物总量的14%。埃及官方通讯社——中东通讯社，援引法德拉的话说，今年有近1.6万艘船通过了苏伊士运河，该运河“现在仍是全球范围内最经济的水路通道”。

苏伊士运河收入是埃及外汇收入的主要来源之一。近年来，由于全球远洋石油运输业的发展和东南亚地区贸易的增长，苏伊士运河的收入稳步上升。

苏伊士运河几经磨难，它在4次中东战争中历尽沧桑。1957年苏伊士运河复航，经过整治后，于1978年正式对全世界开放。已有130年历史的苏伊士运河，以崭新的风貌迎接中国海军舰艇编队的到来，中国海军官兵将亲眼领略苏伊士运河沿岸的风光。

两岸风光形成反差

埃及苏伊士运河行政管理局派出引水员登上“广州”舰，引领我舰和其他各国北上通过苏伊士运河的船舶，在苏伊士港以南锚地编成船队，一起通过运河。

↑ 苏伊士运河渡船上的埃及人。

↓ 守卫苏伊士运河的埃及军队哨所。

军舰起锚后，我精神抖擞地登上“广州”舰最高处的雷达平台，把全套摄影器材摆放在脚下仅有 2 平方米的空地上，准备用手中的相机，记录下这在人民海军历史上具有划时代意义的一天。

“广州”舰被排在这支由几十艘船只组成的船队的第一艘，以每小时 7~8 节的航速走在最前列。黎明前的苏伊士城灯火阑珊，舰艏轻轻犁开平静的运河水面，犹如进入了神秘的仙境一般，远处开始泛白的天际和近处岸边的灯光，似乎在提醒我：这就是苏伊士运河的黎明。

苏伊士城位于运河南部的红海边，这是城里的清真寺。

在航行的军舰上拍摄此时的苏伊士城，对于电视摄像机来说很容易，但用照相机拍摄难度就大了——400度的胶片需要曝光3秒钟。我灵机一动，把数码相机的感光度设定在800，提高了感光度，用1/10秒的快门速度，拍下了难得的苏伊士城。

借着蒙蒙放亮的天光，运河右岸的西奈半岛与左岸形成强烈的对比：大片黄沙，满眼荒芜，除了几公里一个的岗哨和偶见的渡口以外，几乎看不到人烟和绿色。由于经历了4次中东战争，埃及政府基本上没有在西奈半岛上投资建设，再加上自然环境恶劣，便形成了如今我眼前所见的"荒芜"。

运河的左岸则截然不同：一条高级柏油公路与运河平行，连通了运河左岸的苏伊士城、伊斯梅利亚和塞得港等3座城市。城市之间有大片的农田和乡舍，高大的棕榈树、清真寺、运河渡口、河边别墅、军队营房清晰可见，身穿土黄色迷彩服的埃及士兵忠诚地守卫在运河边。

我站在"广州"舰的最高处，任凭从地中海吹来的强劲海风在耳边呼啸，尽情地欣赏和抢拍着苏伊士运河两岸那风格迥异的风光。我看到了西奈半岛上那震撼人心的日出、冉冉的沙漠旭日下设计得非常漂亮的哨所以及哨所前向航行在运河里的中国军舰行注目礼的埃及士兵。这样的景象很难让人想象这里曾是4次中东战争的主战场。

运河边最美的城市——伊斯梅利亚

在距塞得港以南98.5公里处，是苏伊士运河边最美丽的城市——伊斯梅利亚。20多天前离开北京时，我的同行——曾在埃及首都开罗新华社驻中东分社担任过3年摄影记者的郑卫，绘声绘色地向我描述了伊斯梅利亚小城的美丽：这里有精致豪华的总统别墅，埃及总统穆巴拉克与以色列总理拉宾曾多次在这里会晤；从尼罗河引来的甜水，养育着这里的人们；源源不断的甜水流入到农田乡舍，滋润着干渴的大地。

当军舰经过这座城市时，一处近在咫尺的海水浴场热闹非凡，大人和小孩无忧无虑地在运河里戏水，尽享天堂般的快乐。运河两岸，已经见不到当年

↖ 在“广州”舰上拍摄到的苏伊士运河东岸的城市——伊斯梅利亚。

↗ 苏伊士运河畔最美的城市——伊斯梅利亚，位于苏伊士运河的中部，它与苏伊士城、塞得港构成运河三城。

战争所留下的创伤，一派祥和的景象。

在伊斯梅利亚的对岸，是“中东战争纪念碑”。纪念碑的造型是一支巨大的 AK 步枪，在几公里外就可以看到那突起的枪刺直刺蓝天，仿佛在对空鸣枪，以纪念战死的 12 万名烈士。

突然，舰员们沸腾起来，纷纷向纪念碑方向挥手。原来，岸边有几名中国人挥舞着一面五星红旗，拉起写有“向中国海军致敬”的横幅，用力向我们招手。能在异国他乡见到此情此景，我激动不已。

2007 年 8 月 12 日 16 时 30 分，中国海军舰艇编队经过 10.5 个小时的航行，通过苏伊士运河，到达运河北口的塞得港。当“广州”舰驶出港时，海面豁然开阔，海风突然强劲起来，蓝天白云，令人心潮澎湃。我在心中默默地呼唤：“地中海，我来了！”

穿越巴拿马运河

2011年10月14日11时，正在执行“和谐使命-2011”任务的“和平方舟”号医院船在经过30昼夜的连续航行，首次成功穿越太平洋后，驶抵东太平洋的巴拿马湾，在锚地抛锚进行燃油补给，准备按照计划于16日通过巴拿马运河。这将是中国海军舰艇时隔9年后，再次通过巴拿马运河。

自2001年至今，我曾跟随中国海军舰艇编队2次出访欧洲，4次穿越苏伊士运河。穿越巴拿马运河，在我的航海史上还是第一次。因此，能够作为新华社驻海军记者亲历通过巴拿马运河，我从心里感到非常荣幸。

← 10月14日，“和平方舟”号医院船驶抵巴拿马湾，四周停泊着许多等待通过巴拿马运河的货船。

巴拿马湾见闻

巴拿马湾是太平洋在巴拿马中央地峡以南、阿苏埃罗半岛以东的一个海湾，东西最宽处185公里，南北长161公里。海岸被割成若干小海湾，东有圣米格尔湾，西是帕里塔湾，北为巴拿马海湾。

我站在“和平方舟”号的甲板上，眺望到高楼林立的巴拿马城。此时，阳光明媚，蓝天白云，视野很好。巴拿马海湾水域平静，岛屿密布，岸畔林木繁茂，环境幽雅。

在“和平方舟”号的四周，停泊着许多等待通过巴拿马运河的轮船，大小不一，形态各异，就像一个海上世界船舶博览会。其中有些船只，将会和我们一起编队通过巴拿马运河。

我取出佳能数码相机，装上400mm望远镜头，在医院船的最高处支起三脚架，从海上对巴拿马湾和巴拿马城进行拍摄。镜头中的巴拿马城，近在咫尺，高耸入云的摩天大楼，风格各异的建筑，一幢连着一幢，一派繁华景象。

虽然，经过在太平洋的风浪中连续航行，身心有些疲惫，但见到久违的海岛和陆地，舰员们仍然异常兴奋，一扫航程中风浪带来的不适，纷纷拿起相机对准风景如画的巴拿马湾一阵狂拍。几只漂亮的海鸟也来助兴，时而编队飞行，时而从高空俯冲到海里捉鱼，不时引来舰员们欢呼雀跃。

不知是哪位眼尖，说有一艘军舰从左舷前方驶来。我通过长焦镜头将它拉近，果然是一艘军舰，而且判定是美国海军“阿里·伯克”级导弹驱逐舰。不一会儿，这艘军舰已经驶到眼前，舰艏舷号为111。

船上一位军官向我介绍了这艘舰的简况。它是美国海军第三代“阿里·伯克”级导弹驱逐舰的第61艘——“斯伯·朗斯”号（SPRUANCE）。这艘军舰于2008年下水，2011年服役，满载排水量9155吨，舰长155.3米，舰宽20.3米，舰高9.8米，是美国海军最新型的导弹驱逐舰。它配有MK41垂直发射系统2座（前32、后64），可发射战斧（对地）、标准（对空）和阿斯洛

↑ 随“和平方舟”号医院船跨越太平洋的“白衣天使”。

克（对舰）三型导弹。从放大的照片上看，这艘舰虽然已经服役，似乎还在进行试航，甲板上站着不少戴安全帽的工人。

我知道，“阿里·伯克”级导弹驱逐舰是目前美国海军的主力战舰。在 20 世纪 80 年代中期，美国海军“麦凯恩”号导弹驱逐舰曾首次访问中国青岛。我曾跟随北海舰队的高级军官代表团登上这艘“阿里·伯克”级导弹驱逐舰仔细参观过。

当时美国海军的开放程度很大，从舱面到舱内都允许我们参观，包括驾驶室、舰长室、水兵住舱、健身室、休息室、军官餐厅和水兵餐厅等，都介绍得很详细。

尤其是它的作战指控中心，给我留下了深刻的印象。“麦凯恩”舰的指控中心内光线很暗，多台电脑显示屏布满了整个空间，密密麻麻的指示灯不停地闪烁。在一个巨大的显示屏上，清楚地标着中国黄海沿岸海图。当时，我们对此感到十分惊讶，现在看来，它其实只是一幅电子海图，但在当时的中国海军的军舰上，还没有装备电子海图。

↑ 10月14日，在“和平方舟”号医院船上眺望高楼林立的巴拿马城。

站在“和平方舟”号的最高处眺望着巴拿马城，我心中泛起无限感慨。时间过得真快，一晃20多年过去了，中国海军的发展已今非昔比，和世界先进国家海军的差别已被大大缩短了。

在这20多年间，我多次跟随中国海军舰艇编队出访世界许多国家，目睹和见证了海军的快速发展和变化，看到其真正从浅蓝走向深蓝，并不断走向大洋，走向世界。

眺望巴拿马城

巴拿马城是巴拿马的首都，濒临巴拿马湾，巴拿马运河从城市边缘缓缓流过，它是一座临海靠山、风景如画的海口城市。夜幕降临时，锚地里等待通过运河的船只，依次而泊，灯火通明，倒影摇曳，绵延数公里，酷似意大利的威尼斯，就像将这座著名水城搬到了美洲大陆上一样。

据驻巴拿马城中资机构的工作人员介绍，巴拿马城是一座很有特色的城市。同世界上其他国家的首都相比，巴拿马城以商业和服务业为主，由于市区工业不多，不存在环境污染问题，城市上空总是蔚蓝一片，碧空万里。特别是每逢阵雨过后，雨水冲洗过的街道、房屋更是清新爽目，别有一番情调。

巴拿马运河区的贸易活动在巴拿马城占有重要地位，巴拿马城发达的金融业也因此而举世闻名。在巴拿马城大街上，银行一家挨着一家，仅大户银行就有 120 多家，而其中近百家是外国银行的分行。

15 日上午 9 时，一艘 300 吨级的巴拿马油船驶来，并靠在“和平方舟”号的右舷，为医院船补给燃油 500 吨，为“和平方舟”号通过巴拿马运河补充动力。

“和平方舟”号接到巴拿马运河管理局的通知，过河时间提前到今天晚上。而下午时分，巴拿马湾忽然间乌云密布，不远处电闪雷鸣，光线一下子暗了下来，锚地的船只都打开了船灯。我抬头向巴拿马城方向望去，它完全被笼罩在雨雾之中。

通过巴拿马运河

举世闻名的巴拿马运河是连接太平洋和大西洋的重要航运通道，被誉为世界七大工程奇迹之一。位于美洲巴拿马共和国的中部，横穿巴拿马地峡。巴拿马运河长 81.8 公里，水深 13.5 米 ~26.5 米，航道平均宽度约 152.4 米。整个运河的水位高出两大洋 26 米，设有 3 道船闸。船舶通过运河一般需要 9 个小时，可以通航 76000 吨级的轮船。与绕行南美的麦哲伦海峡相比，它使航行里程缩短了 5500 多海里，以“和平方舟”号为例，航行时间缩短了 14 天，燃油节省了 650 余吨，因此具有很高的经济价值和战略意义。

自 1914 年运河开通以来，它一直在为国际海运服务，并为许多国家提供了一条最经济的运输大批量商品的海上通道。到目前为止，已有 704000 多艘船只通过巴拿马运河，向世界各个港口运送货物 50 多亿吨。平均每天有 40 多艘船只通过运河，年平均通船达14600艘。根据1977年的《托里霍斯—卡特条约》（巴拿马运河条约），巴拿马共和国已于1999年12月31日正式收回对运河的全部主权及管理权。

原本计划16日白天通过运河，但由于运河管理局临时改变计划，“和平方舟”号提前到15日晚开始通过巴拿马运河。按照常规，大船在凌晨和上午过河，小船在下午和晚上过河。过河船舶分大船和小船两类，以船的宽度为标准。大船宽度在27.74米以上，小船在27.74米以下，而“和平方舟”号的宽度为24米，属于小船，因此，被安排在晚上通过。

21时许，运河管理局的引水员乘小艇来到锚地，登上“和平方舟”号。21时30分，船长下令起锚，开始通过巴拿马运河。起锚后，“和平方舟”号在引水员口令的操纵下进入巴拿马水道，行驶5海里后开始通过美洲大桥，过桥后随即进入巴尔博亚港，这里是太平洋进入巴拿马运河的入口。在巴尔博亚港内，有一艘小艇将20多名工人送上船来，他们将协助“和平方舟”号通过3道船闸。

由于正赶上巴拿马的雨季，“和平方舟”号通过美洲大桥时天空开始下雨。漆黑一片，只有远处的美洲大桥上有灯光在闪烁。我将两台数码相机的感光度调至6400，快门速度设定在1/30~1/15秒之间，勉强能够满足夜间拍摄的条件。我选用15mm鱼眼、15mm~35mm和28mm~300mm3支镜头，在夜间通过巴拿马运河打赢了两场“硬仗”。

第一场“硬仗”，是完成对美洲大桥的夜间拍摄。美洲大桥，是进入巴拿马运河的地标性建筑，钢架结构，呈拱形横跨运河两岸，造型美观。

桥上有一排路灯非常明亮，映在河面把河水装点得五彩缤纷。这些灯光和水中倒影，成了我夜间摄影的救命稻草。远处巴拿马城灯火辉煌，映红了天空的云霞，美洲大桥在云霞的衬托下清晰可见。

我站在“和平方舟”号的最高处，将相机架在船舷上，将其船艏和大桥取景到一个画面里，在通过大桥的最佳瞬间，屏住呼吸，用1/20秒的速度按动快门。当“和平方舟”号驶过美洲大桥后，我从相机观片器中回放刚刚拍摄的照片，效果还算理想，心中顿时踏实许多。

个 北京时间 10 月 17 日凌晨 5 时，“和平方舟”号医院船首次通过巴拿马运河的美洲大桥。

第二场“硬仗”，是拍摄夜间“和平方舟”号通过望花船闸。望花船闸灯火通明，在夜色中非常显眼。从巴尔博亚港到望花船闸只有 2.5 海里。

船上和船闸上的工人都已熟练地开始工作。4 台分别置于船艏和船尾两侧船闸轨道上的牵引车，将钢缆拉紧，使“和平方舟”号始终处于船闸的中间位置。望花船闸共有 3 级，从第一级船闸到第三级船闸，总共要提升 25.9 米，程序是：注水、提升、打开闸门，进入下一道船闸。从第一级船闸到第二级船闸，提升高度为 16.4 米。随后，“和平方舟”号进入望花湖，接下来再通过米格尔船闸，提升 9.5 米，此时的水位与加通湖的水位持平。由于船闸照明好，船闸拍摄难度不大，只是色温不太好掌握，照片容易偏黄。经过现场反复调整，我终于找到了一个合适的色温值。

MEHAFFEY

“和平方舟”号医院船正在小心翼翼通过巴拿马运河船闸。

23时，“和平方舟”号顺利通过巴拿马运河的世纪大桥，完成了第一阶段的航行，停靠在世纪大桥下的一个码头，准备第二天白天继续通过巴拿马运河。这真是个好消息，这样我就可以拍到巴拿马运河两岸的美丽景色了。

16日9时，运河引水员登船，“和平方舟”号沿着盖拉德水道前行。盖拉德水道是由人工开凿山丘而成，地形崎岖，是运河区的分水岭。它是巴拿马运河的最窄处。狭窄、曲折的航道共分为7段，过河船只在这里需单向航行。我终于看清了巴拿马运河的“真面目”：运河两岸植被完好，郁郁葱葱，有茂密的芦苇和森林，还有供人们过河的小型码头等设施。

“和平方舟”号行驶1个多小时后，航道逐渐加宽，船长告诉我，这就是加通湖水道。加通湖湖面宽广，在中部辟有深水航道，长21海里，靠近大西洋的航段设有锚地，供舰船临时停泊。11时30分，“和平方舟”号在这里临时停泊1小时，我借此机会去吃午餐。

12时30分，“和平方舟”号起锚通过加通湖水道，进入加通船闸。加通船闸分为3级，可使舰船升降25.9米。在运河工人的熟练操纵下，3道闸门依次打开，“和平方舟”号顺利通过了加通船闸，与大西洋加勒比海的海平面持平。

当地时间10月16日16时，“和平方舟”号医院船首次通过巴拿马运河，

驶抵大西洋加勒比海。“和平方舟”号医院船将向北穿越加勒比海，预计于10月21日抵达古巴首都哈瓦那进行友好访问。

我怀着激动的心情，目睹着这一振奋人心的壮举，用手中的相机完整地记录了“和平方舟”号通过巴拿马运河的全过程，在为新华社提供新闻照片的同时，也为国家、为海军留下了珍贵的图片档案。

“和平方舟”号进入加勒比海后，我从拍摄的数千张照片中精选出15张，编辑好一组《中国海军“和平方舟”号医院船首次穿越巴拿马运河》专题新闻图片，经指挥员审阅后，架起海事卫星天线，通过新华社专用发稿程序，将照片传送给远隔大洋的北京总社。

当日，新华社用中、英两种文字将这组照片向国内外播发通稿，将中国海军“和平方舟”号医院船首次穿越巴拿马运河的消息传向世界各地。

1	2	3

1. 通过巴拿马运河船闸的大型货轮。
2. 10月16日12时30分，“和平方舟”号顺利通过最后一道船闸——加通船闸，与大西洋加勒比海的海平面持平。
3. 16日16时整，“和平方舟”号终于顺利通过巴拿马运河的利蒙湾，进入加勒比海，完成了通过巴拿马运河的使命。

03

横渡印度洋

2007 年 7 月 29 日凌晨 1 时 50 分，中国海军出访舰艇编队穿越马六甲海峡西北口的安达曼岛，驶入印度洋。编队按照出访航线所制定的航行计划，向南转向抵近赤道，499 名中国海军壮士驾驶着新型战舰朝北纬一度半海峡方向破浪而行。

美丽的印度洋晚霞。

横渡印度洋

2007 年 7 月 29 日凌晨 1 时 50 分，中国海军出访舰艇编队穿越马六甲海峡西北口的安达曼岛，驶入印度洋。编队按照出访航线所制定的航行计划，向南转向抵近赤道，499 名中国海军壮士驾驶着新型战舰朝北纬一度半海峡方向破浪而行。

一度半海峡，位于印度洋北部马尔代夫群岛的两个小岛之间，因其位置大致在北纬 1 度 30 分而得名，是苏瓦迪瓦岛及哈杜马蒂岛之间的深水道，宽 90 公里，海水最深 1 公里以上，是印度洋到太平洋的重要通道。

印度洋的由来

印度洋，位于亚洲、非洲、大洋洲和南极洲之间，全部水域都在东半球，是世界第三大洋，面积7492万平方公里，占世界海洋总面积的1/5，平均深度3897米，最大深度位于爪哇海沟，达7729米。因其位于亚洲印度半岛南面，故名印度洋。

据史料记载，印度洋在古代被称为“厄立特里亚海”，最早见于古希腊地理学家希罗多德（前484~前425年）所著《历史》一书及其编绘的世界地图中。“厄里特里亚”（ERYTHREA）希腊文原意为红色，全名意为红海。

“印度洋”这一名称相对出现得较晚。公元1世纪后期的罗马地理学家彭波尼乌斯·梅拉可能是最早使用此名的人。公元10世纪，阿拉伯人伊本·豪卡勒编绘的世界地图上也使用了这个名字。

近代正式使用印度洋一名则是在1515年左右，当时中欧地图学家舍纳尔编绘的地图上，把这片大洋标注为“东方的印度洋”。

1497年，葡萄牙航海家达· 伽玛东航寻找印度，便将沿途所经过的洋面统称之为印度洋。1570年奥尔太利乌斯编绘的世界地图集中，把“东方的印度洋”一名去掉“东方的”，简化为“印度洋”。这个名字逐渐被人们接受，成为通用的称呼。

印度洋的地理位置非常重要，是沟通亚洲、非洲、欧洲和大洋洲的交通要道。向东通过马六甲海峡可以进入太平洋，向西绕过好望角可达大西洋，向西北通过红海、苏伊士运河，可入地中海。航线主要有亚、欧航线和南亚、东南亚、南非、大洋洲之间的航线，沿岸港口终年不冻，四季通航。

印度洋上庆“八一”

2007年8月1日，印度洋上阳光灿烂，海风呼啸，军旗猎猎。几天来一直波涛汹涌的印度洋，似乎也温柔了许多。

今天，是中国人民解放军建军80周年纪念日，由“广州”号导弹驱逐舰和“微山湖”号综合补给舰组成的中国海军出访舰艇编队，正乘风破浪，在印度洋上留下道道洁白的航迹。

↑ 中国海军出访舰艇编队横渡印度洋。

在这个特殊的日子里，航行在印度洋上的海军出访舰艇编队官兵，怀着激动的心情，用特有的方式，庆祝军人自己的节日。

首先是新式军装展示。

7 月 31 日下午 5 时，在“广州”号导弹驱逐舰的飞行甲板上，官兵们举行了一场别开生面的“印度洋 · 迎‘八一’新式军服展示”。红色的 T 型台铺在甲板上，舰上官兵们身穿出访衫围坐在两旁，15 名英俊威武的官兵分别身穿海军白色军官礼服、春秋常服、水兵服等 15 套 07 式新军服，伴着雄壮的《解放军进行曲》，迈着军人坚毅有力的模特步伐，依次出场，展示我人民海军威武文明的崭新形象，不时赢得热烈的掌声。

第二，海上隆重阅兵。

8 月 1 日上午 9 时 30 分，印度洋上庄严而隆重的海上阅兵式开始了。全体出访官兵身穿 07 式全白常服，在甲板上分区列队，迎着扑面而来的海风，接受海军出访舰艇编队指挥员的检阅。这是中国海军出访舰艇编队第一次身穿新军服在印度洋上进行海上阅兵。

“广州”舰和“微山湖”舰的桅杆上悬挂着代满旗。在《检阅进行曲》的伴奏下，“广州”舰以18节的航速高速通过“微山湖”舰。

“同志们好！”

“首长好！”

“同志们辛苦了！”

“为人民服务！”

威武雄壮的军乐声和铿锵有力的口号声响彻印度洋上空。

再有，“八一”联欢晚会。

晚上7时，“印度洋纪念中国人民解放军建军80周年联欢晚会”在“广州”舰的飞行甲板上隆重举行。

大海为旋律，风雨作和声，战舰是音符，499将士共同唱响同一首歌：“向前，向前，向前，我们的队伍向太阳……”由海军军乐团和“广州”舰联合举办的联欢晚会在《中国人民解放军军歌》声中拉开序幕。

首先出场的是由“广州”舰水兵表演的《狮舞·欢庆八一》。富有中国民族特色的狮舞，预示着中国海军出访舰艇编队一展雄风，破浪向前。由海军军乐团演奏的《大海颂歌》，将海军优秀音乐作品融合而成，通过管乐雄厚的配器和宽广抒情的旋律，表现了海军官兵对祖国像太阳一样赤诚，对人民有大海一样的深情。

联欢晚会上独唱、相声、小品、合奏，精彩节目高潮迭起。掌声、笑声回荡在甲板上空，印度洋成了一片欢乐的海洋。

海军军乐团团长、国家一级指挥李星激动地对官兵们说：“2001年10月，我们随167编队从法国去意大利的途中，在过大西洋比斯开湾时，遇上了12级特大风浪。当167编队全体官兵战胜风浪的时候，真有虎口脱险、劫后余生的感觉，一种对祖国、对亲人的怀念之情油然而生。我们当即创作了抒情歌曲《水兵，故乡》。这首在战斗第一线创作出来的歌曲，很快就在出访官兵中传唱开来。下面，请我团青年歌手，也是当年参加 167 编队的《水兵，故乡》的首唱者宋天新和时任 167 舰长的李晓岩参谋长共同演唱——《水兵，故乡》。”

“海风轻轻天高月朗，站在甲板思念故乡；故乡里有我儿时的梦啊，故乡里有我白发的娘。故乡的山水，养育了我；大海的风浪，锤炼了我。跨海越洋闯天涯，母亲的嘱托记心上；跨海越洋闯天涯，神圣使命永不忘。”

军乐和歌声回荡在印度洋上空，“广州”舰官兵群情激昂，晚会在《人民海军向前进》的乐曲声中结束。

出访官兵们牢记祖国和人民的重托，驾驶新型战舰，身穿新式军装，开辟新的航程，在履行我国重大军事外交的神圣使命中，展示中国海军的新形象，铸就中国海军的新辉煌。

↓“印度洋·迎‘八一’新式军服展示”。

印度洋补给首获成功

8 月 2 日，中国海军出访欧洲舰艇编队，经过 9 天的战风斗浪连续航行，在浩瀚的印度洋上进行首次航行中综合补给。在“广州”号导弹驱逐舰上，我目睹了“微山湖”号远洋综合补给舰为“广州”舰实施航行中补给的壮观情景。

当地（东五区）时间上午 8 时 30 分，清脆的铃声骤然响起，舰长赵晓刚下达命令：“补给部署！准备左舷补给！”

只见头戴黄色安全帽、身穿橘红色救生背心的补给部门官兵，各就战位，展开了紧张而有序的准备工作。“微山湖”舰在“广州”舰的前方保持航速航行，“广州”舰加速从左舷驶入补给阵位。两舰相距 40 米，保持同向同速，齐头并进，激起涌浪翻卷，扑向舰舷。

“微山湖”号综合补给舰，是我国自行研制和建造的第二代现代化大型综合补给舰，全长 170 多米，舰宽 20 多米，满载排水量 20000 多吨，巡航速度 18~20 节，编队自给力不小于 60 天。该舰共设有 8 个补给站，能够在远离后方的辽阔大洋上同时对 3 艘驱逐舰、护卫舰和 1 架直升机实施航行中的横向、纵向和垂直补给，被誉为“大洋上的浮动基地”。该舰曾出访过巴基斯坦、印度和泰国。

我站在“广州”舰的指挥台上向“微山湖”舰望去，只见数十米高的巨大门型架上，长长的输油软管像巨龙盘卷着身躯，蓄势待发。

“砰！”从“微山湖”舰上传来撇缆枪的脆响。只见细细的缆绳像一道红色闪电射来，准确地落在“广州”舰的甲板上，几名操作手迅速上前将其抓住。

“引缆！”“收紧主钢索！”“架设输油软管！”担任现场指挥的“广州”舰舰长赵晓刚手持对讲机，一边与“微山湖”舰保持联络，一边不停地发出指令。指挥操作手与“微山湖”舰补给部门密切配合，在两舰之间凌空架起一道索桥。这时，只见盘缚在巨大门型架顶端的输油软管，像巨龙伸展身躯，顺着钢索俯冲直下。“咣”的一声，重达 130 多公斤的补油管头牢牢地卡进了“广州”舰的注油口。官兵们齐声叫“好”！

不一会，只见粗大的输油管由扁鼓圆。“微山湖”舰操作手启动油泵，燃油源源不断地注入钢铁战舰的巨腹中。

几乎同时，在“微山湖”舰和“广州”舰之间，又凌空架起了用于补给干货的第二道索桥。“微山湖”舰运载的食品、蔬菜、水果等食物，被一只巨大的吊篮吊起，顺着钢索滑下，稳稳地落在“广州”舰的左舷甲板上。

此时，“广州”舰和“微山湖”舰仍在并肩劈浪前进，一个接一个的涌浪将舰船掀动得左右摇晃，巨大的张力不时将凌空飞架的钢索绷紧，但它始终安然无恙。在自动控制装置的作用下，钢索随着两舰的摇摆伸缩自如。

→“微山湖”号补给舰在印度洋上为“广州”舰实施航行中综合补给。

在 3 个多小时的航行补给中，“微山湖”舰共为“广州”舰补给燃油、淡水和蔬菜食品数百吨，为舰艇编队穿越印度洋进入红海和地中海、完成远航出访任务提供了有力的保障。

战舰远航到哪里，补给就伴随保障到哪里。此次中国海军舰艇编队出访欧洲四国，总航程达 2.3 万余海里，相当于绕地球赤道一圈，途中多次进行航行中的补给，人民海军远洋综合保障能力得到了新的锻炼和提高。

惊涛骇浪，印度洋的见面礼

从 3 日开始，印度洋上的天气情况急转直下。海上阴云密布，闪电伴着风雨，向出访编队袭来。由于印度洋所处的地理位置，加上几千米的水深和季风的作用，虽然海面上风力不大，涌浪却不断增强，很快达到 3 米，我明显感到不适：头脑发昏，没精打采，饮食也没有胃口，饭量明显减少。很显然，我晕船了。

在接下来的 2 天航行中，不时传来有舰员晕船的消息。晕船最厉害的，要数随舰出访的海军军乐团副团长罗星上校，他曾是海军文工团的小提琴演奏家。这是他第一次随舰出海远航，初次从陆地到海洋，对他来说真是一次严峻的考验。尽管他体重不过 130 斤，可是印度洋对他并不关照：2 天里他连续呕吐 15 次，成为本次远航编队晕船第一人。

在我的航海生涯中，这已经是第 3 次跨越印度洋了。涌浪和晕船，又成了这次印度洋给我的见面礼。

2001 年 8 月至 11 月间，中国海军出访舰艇编队首次出访德国、英国、法国和意大利欧洲四国，总航程 23000 多海里，历时 90 天。其间，编队 2 次穿越印度洋。当时，印度洋上惊涛骇浪，给我留下了深刻的印象。这次我再随中国军舰出访欧洲，第 3 次跨越印度洋，更加深了对印度洋的感受和体验。

编队指挥员对我说，在编队进入亚丁湾之前，要穿过一片风浪区，估计浪高将达到 5~6 米。“这片风浪区是受低压带的影响形成的，每月的情况都不一样。”编队副指挥范箫鸣在一旁接话说：“首长提前一个月就对这片海区进行研究了。”

指挥员风趣地对我说："老查，为了照顾你，我们准备改变航线，减少在风浪区的航行时间，提前一天进入亚丁湾。"

我急忙查阅随身带的《世界地图册》，上面介绍说："印度洋北部是地球上季风最强烈的地区之一。"早在15世纪初，明朝郑和经过多次试探，精心准备，在第4次下西洋时，率领一支庞大的船队横渡印度洋。当年郑和船队描述印度洋是"时而洪涛巨浪，摧山倒岳；时而海波澄镜，万里一碧"。

8月4日，出访编队遇到了自起航以来最恶劣的海况。洋面上的涌浪像一座座小山滚滚而来，涌高达到6~7米。出访编队和全体官兵开始经受大洋风浪的考验，编队提前转向进入风浪区。"广州"舰将动力由柴油机转为燃气轮机，以每小时16节的航速向亚丁湾前进。

排水量5000多吨的"广州"舰在波涛汹涌的大洋里，就像一叶小舟，摇晃得相当厉害。舰上专门派来战士，用绳子为我们住舱里的物品进行了加固，但15°的船体摇摆幅度还是把桌子上的杯子晃到了地板上。我的上铺是来自《解放军报》的钱晓虎，他为防止从床上掉下来，只好用绳子在床边编成网，把自己保护起来。我和同住舱的来自《人民海军》报社的刘文平主任戏称他是"蜘蛛网里的老虎"。

经过几次随舰远航，对于海上如何避免晕船，我总结了一条法则，且行之有效："船动我不动，我动船不动。"实践证明，这不是消极的态度，而是切实可行的办法。于是，在风浪最大的这两天里，我基本上卧床不动，这是避免晕船的最好办法，一日三餐靠饼干和方便面度过。然而，新的问题又接踵而来：躺在床上虽然可以避免晕船，可是躺久了，后背的肌肉就会特别疼痛。我只好在床上不停地翻身"烙饼"，用这个方法来缓解。

印度洋当地时间2007年8月5日中午12时，出访编队经过2700海里的连续航行，开始向西转向，进入亚丁湾。此时，海上风浪明显减小，军舰恢复了稳定，官兵们纷纷来到飞行甲板上沐浴大洋的阳光，以补充体内的钙质。印度洋上的大风浪终于被中国军舰甩在了背后。

“东方十字路口”：斯里兰卡见闻

按照航行计划，中国海军“广州”号导弹驱逐舰赴巴基斯坦参加多国联合军演的往返途中，要在斯里兰卡首都科伦坡停靠 2 次，进行燃油和淡水补给。

科伦坡当地时间 2009 年 3 月 1 日上午 8 时 30 分，经过 8 天的连续航行，“广州”号导弹驱逐舰顺利穿越南海、新加坡海峡、马六甲海峡和印度洋孟加拉湾，驶抵斯里兰卡科伦坡港，第一次为军舰补给所需的燃油和淡水。

印度洋上的一颗明珠

3 月 1 日清晨 6 时，当太阳冉冉升起的时候，2 艘斯里兰卡海军的炮艇准时来到会合点，前来引导“广州”舰进港。

随后，这 2 艘炮艇一前一后地与“广州”号导弹驱逐舰形成单纵队，迎着初升的太阳，劈波斩浪，向科伦坡港驶去。

科伦坡，是“广州”舰海上赴巴基斯坦参演的必经之路。选择在这里进行途中补给，实属科学之举。按照计划，“广州”舰在科伦坡补给足够的燃油和

2009年3月1日，“广州”舰停靠斯里兰卡科伦坡港，进行油料和淡水补给。

淡水后，再航行4天，就可到达本次远航的目的地——巴基斯坦卡拉奇港。

科伦坡是斯里兰卡的首都，全国政治、经济、文化和交通中心，位于斯里兰卡岛西南岸，濒临印度洋，北面以凯勒尼河为界。

科伦坡是印度洋上东西航运的交通枢纽，为欧洲、远东、澳洲航线的中途港，素有“东方十字路口”之称。这里拥有世界上最长的人工港湾之一，可同时停靠排水量为4万~5万吨的轮船40多艘，年吞吐量为450万吨，承担着斯里兰卡90%以上的货物进出口任务，是印度洋航运的中转站。从中世纪起，这里就是世界上重要的商港之一，在世界上享有盛誉的兰卡宝石，便是从这里源源不断地输往海外。

从世界地图上看，斯里兰卡犹如印度半岛的一颗宝石，镶嵌在广阔的印度洋海面上，有着“印度洋上的明珠”的美称，曾被马可·波罗认为是最美丽的岛屿。

我们所乘坐的“广州”舰，就是停靠在这个在全世界享有盛誉的商港。站在“广州”舰的最高处，我眺望着渐渐靠近的科伦坡港，眼前出现一派繁忙的景象：长长的码头上停靠着巨型货轮，巨大的龙门吊将大型集装箱从货轮上卸下，再装上码头上排成长龙的货车。堆放在货场上的集装箱，一眼望不到边。好一个著名的大港，果然名不虚传。

科伦坡的地理位置是东七区，昨晚舰上统一调时，将表的指针往回调了半个小时，也就是说，科伦坡的时间要比北京晚两个半小时。

踏访战争中的科伦坡

当“广州”号导弹驱逐舰顺利驶抵科伦坡港时，我敏感地发现，“广州”舰停靠的泊位四周已被持枪的斯里兰卡特种部队和警察守卫着。骑着摩托车的特警不停穿梭，气氛骤然变得紧张。

按照事先约定的时间，10时许，一辆挂有五星红旗的黑色奔驰车出现在码头。这是中国驻斯里兰卡大使杨秀萍和部分使馆工作人员前来迎接“广州”舰，专门登舰看望并慰问来自祖国的海军官兵，同时还向指挥员简要通报了科伦坡目前的局势：斯里兰卡政府军正在与泰米尔猛虎组织的武装进行战争，双方交火非常激烈。出于安全考虑，在科伦坡停靠期间，原则上舰员一律不准下舰。当然，因工作需要下舰的人员除外。

在“广州”舰的会议室，我和杨大使打了招呼。当她得知我是新华社随舰记者时，很是激动地说：“自‘广州’舰离开三亚起航以来，我们使馆全体工作人员一直从你的报道中了解‘广州’舰的消息，也欣赏到了不少你拍的好照片。”我通过她的介绍得知，杨大使有着20多年的驻外经历，除斯里兰卡外，还曾外驻过美国、瑞士、香港、新西兰、立陶宛等国家和地区，目前同时担任着斯里兰卡和马尔代夫两个国家的特命全权大使。

↑ 中国驻斯里兰卡特命全权大使杨秀萍登上“广州”舰检阅水兵仪仗队。

上午11时，指挥员陈岳琪大校、“广州”舰李平舰长在杨秀萍大使的陪同下，乘坐斯里兰卡海军专车，前往斯海军西部海区司令部机关所在地进行拜会。因需要拍摄照片资料，我忐忑不安地一同乘车前往。

斯里兰卡海军西部海区军港距离码头不远，乘车不到10分钟就到了。由于科伦坡正处在战争时期，我发现大街上到处都是荷枪实弹的军警，就连西部海区司令部机关也不例外。司令部大门口用沙袋垒着碉堡，里面站岗的士兵手持机枪高度警惕。进门的路被障碍物阻挡着，车子开进时遇到卫兵的仔细盘问。虽然多次随军舰出国访问，遇到如此这般的紧张局势还是第一次，我心里确实有些没底。

在返回的路上，同车的使馆办公室主任曹晓健告诉我说：“科伦坡目前正处于战争时期。就在10天前的2月20日，首都科伦坡遭到反政府武装泰米尔伊拉姆猛虎解放组织2架飞机的空袭。他们的袭击目标主要是斯里兰卡空军司令部和政府机关。这两架飞机于晚上9时15分左右进入科伦坡空域，政府迅速启动防空机制，整个科伦坡切断电力供应，部队发射防空炮火。一架飞机在科伦坡国际机场附近被击落，飞机残骸和猛虎组织飞行员的遗体已经被发现；另一架飞机被防空炮火击中后坠落在斯税务部，对建筑物造成一定破坏，有 42 人受伤。坠落地点离我们所在的码头不远。”

回到舰上后，我立即查阅了有关资料。原来，斯里兰卡的战乱由来已久．自 20 世纪 80 年代以来，猛虎组织以泰米尔人遭歧视为由与政府军作战，并致力于在斯东部和北部地区建立一个独立的泰米尔族国家，多年的战争已导致 7 万多人死亡。

从 2006 年 7 月开始，政府军向猛虎组织控制区发动大规模军事进攻，收复了约 1.5 万平方公里的猛虎组织控制区。斯政府表示，目前打击猛虎组织的军事行动已进入最后阶段，因为该组织已经被困在北部穆莱蒂武地区一片狭小区域内，被他们控制的人口约有几十万。

我心里不免嘀咕起来：我们来得真是时候，俗话说得好，“来得早不如来得巧”，此生能赶上一次真正的战争，也实属难得啊。

多才多艺的克伦贝济将军

中午 12 时，斯里兰卡海军西部海区司令克伦贝济少将登上“广州”舰回访，对中国海军的到来表示欢迎。“广州”舰执行三级礼仪，桅杆悬挂代满旗，在飞行甲板设水兵仪仗队，欢迎克伦贝济将军登舰。检阅完仪仗队后，克伦贝济将军与陈岳琪指挥进行了友好交谈，并饶有兴趣地参观了“广州”舰。李平舰长为他一一做了介绍。

克伦贝济将军有着浓厚的中国情结，因为他曾在重庆学习过军事技能。在与陈岳琪指挥员的交谈中，他不时穿插着几句中国话，颇有幽默感。

克伦贝济将军动情地说：“中斯两国人民有着悠久的友好交往历史，中国明代航海家郑和就曾率领船队多次抵达过科伦坡。近年来，中斯两国海军的友好军事交流不断加深，友谊不断加深。”

我查阅了这位长着络腮胡的克伦贝济少将的资料，发现他是一位多才多艺的将军，知识渊博，经历丰富。他生于 1957 年，先后毕业于斯里兰卡亭可马里海军学院、英国达特茅斯皇家海军学院、印度惠灵顿防务参谋学院和美国夏威夷亚太安全中心，1978 年到斯里兰卡海军服役，现任斯里兰卡海军西部海区司令。

克伦贝济少将获得过防务战略理科硕士学位和调解国际事务冲突证书。此外，他在 2008 年时曾在享有声望的伦敦皇家海军防务学院学习并获得国际事务研究文学硕士学位。

克伦贝济少将曾担任过斯里兰卡海军导弹快艇、快速攻击艇、小炮艇和两栖舰船的指挥员。从 1985 年开始，他先后参加过初级军官和高级军官培训，担任过海军高级训练中心指挥员。自科伦坡防务参谋学院成立以来，他一直担任该校讲师。2007 年，他曾担任科伦坡海军司令部作战总指挥。

↓ 斯里兰卡海军西部海区司令克伦贝济少将登上“广州”舰参观。

克伦贝济少将因勇敢和卓越的表现而获得过表彰。他还是国家级运动员，并在 1999 年到 2006 年期间一直担任海军运动员俱乐部的主席。

3 月 2 日清晨 6 时 40 分，“广州”舰正行驶在印度洋阿拉伯海面上，一艘印度海军两栖攻击舰高速驶来。这艘舰约有 10000 吨，甲板上载有 2 架直升机，水兵们身穿红色服装，正在甲板上进行体育锻炼。在距“广州”舰约 1600 米时，该舰直接同我舰通话：“‘广州’号，欢迎你们来到阿拉伯海域，预祝你们旅途愉快！”“广州”舰回答：“祝你们一路顺风！”

返航中再靠科伦坡

3 月 18 日，“广州”舰圆满完成“和平 -09”多国联合军演任务，在返航途中停靠科伦坡港进行第二次油水补给。

当地时间上午 8 时 30 分，“广州”舰驶抵科伦坡港，我站在舰艏发现码头上已经有人拉起了巨型横幅，横幅上写着“热烈祝贺广州舰圆满完成军演任务”。中国驻斯里兰卡大使馆的全体工作人员已经早早地来到码头，手持五星红旗，欢迎“广州”舰参演官兵凯旋。

杨大使登舰后代表使馆全体人员，祝贺“和平 -09”多国联合军演圆满成功，并致以亲切的问候！我还从一名使馆工作人员那里了解到，科伦坡目前局势还是不稳定，上周六有一个清真寺发生了自杀式爆炸事件，死伤多人，两名政府官员一死一伤。斯里兰卡政府军同泰米尔猛虎组织的战争已经接近尾声，政府军出动陆海空三军部队，将猛虎组织的武装人员压缩到了 30 平方公里的北部山区。猛虎组织利用当地的六七万民众当作盾牌，做最后的抵抗。

说到这里，我们都露出了笑容，因为，斯里兰卡将近 30 年的战乱将要结束了，大家似乎已经看到这个战乱已久的国家的局势快要平稳的曙光。

再过一个小时，“广州”舰就要起航了。现在，舰员们都在午休，我还在舱室里忙着，抓紧时间将这篇手记写好。

3 月的科伦坡烈日炎炎，今天的气温高达 34℃，我在“广州”舰滚烫的前甲板上支起海事卫星天线，对准印度洋星，把信号调到最大，连通笔记本电脑，将这篇手记发回北京总社。

再过 8 天，我们将再次穿越孟加拉湾、马六甲海峡、新加坡海峡和南海，并按计划于本月 26 日回到“广州”舰的母港——三亚。

↓ 科伦坡港是印度洋的交通枢纽，承担着斯里兰卡 90% 以上的货物进出口任务。

04

“和平方舟”首航亚丁湾

经中央军委批准，海军“和平方舟”号医院船，将于2010年9月1日至11月26日赴亚丁湾及亚非五国首次执行“和谐使命-2010”任务，为正在执行护航任务的中国海军官兵巡诊，前往吉布提、肯尼亚、坦桑尼亚、塞舌尔和孟加拉国执行人道主义医疗服务并进行友好访问。

“和平方舟”首航亚丁湾

经中央军委批准，海军“和平方舟”号医院船，将于2010年9月1日至11月26日赴亚丁湾及亚非五国首次执行“和谐使命-2010”任务，为正在执行护航任务的中国海军官兵巡诊，前往吉布提、肯尼亚、坦桑尼亚、塞舌尔和孟加拉国执行人道主义医疗服务并进行友好访问。

作为新华社驻海军摄影记者，经海军首长批准，我有幸随“和平方舟”号医院船进行全程采访，成为这一光荣群体的一员。在完成新闻报道的同时，我还要拍摄图片，为海军留下珍贵的影像档案，深感自己的责任重大。

“和平方舟”舟山起航

2010年8月31日，海军“和平方舟”号医院船，于下午3时从浙江舟山某军港起航，执行任务。

↓ 2010年9月，“和平方舟”号医院船首次出航，赴亚非五国执行“和谐使命”人道主义医疗服务任务。

↑“和平方舟”号医院船上的水兵仪仗队。

海军为“和平方舟”号医院船起航举行了隆重的欢送仪式。按照海军礼仪，军港内所有的军舰都挂了满旗，水兵们在甲板上站坡；200多名水兵身穿全白军装，在码头上面向“和平方舟”船整齐列队；军乐队奏起雄壮的乐曲，以海军特有的方式，欢送“和平方舟”号医院船庄严出征。

“和平方舟”号医院船是我国自行研制的第一艘大型海上医院船，是目前国际上第一艘专门设计用于医疗服务的万吨级大型专业医院船。舰上配置的医疗设备相当于国内三级甲等医院水平，是一艘现代化的海上流动医院。随船任务官兵共计428人，其中由海军总医院及411、413医院等抽组100名医务人员组成了海上医院医疗队伍。

海军首长在欢送仪式上说，这次任务是海军首次组织医院船赴国外执行人道主义医疗服务的开创性实践，也是对海军遂行多样化军事任务，锻炼提高综合保障能力的实际检验，同时，也是展示我国积极履行国际义务的负责任大国形象，展示人民军队维护和平、关爱生命的积极态度，展示人民海军完成多样化任务能力建设成果的重要平台，对于宣传“和谐世界”“和谐海洋”，促进中亚、中非国家传统友谊必将发挥积极重要作用。

下午 3 时，“和平方舟”号医院船缓缓驶离舟山码头，全体舰员在甲板上整齐列队，戴有红十字臂章的女医护人员挥舞着右臂，向码头上的欢送人群致意。

这是“和平方舟”号医院船首次跨出国门执行医疗服务任务，首次为亚丁湾护航舰艇编队进行卫勤保障，首次组织海上非作战力量赴海外履行国际人道主义义务。

这次医疗服务行动经东海、南中国海，过马六甲海峡，远赴印度洋，总航程 15000 多海里。将以健康体检、疾病巡治、健康宣传等形式为亚非 5 国民众、军队官兵和亚丁湾护航舰艇官兵提供医疗服务，与外军开展医学交流。

“和平方舟”号医院船驶离码头后，我迅速将新闻照片编辑好，呈送指挥员包裕平将军审稿签发后，选定 14 张照片发往北京总社。新华社将这 14 张照片全部播发通稿，被国内上百家报纸采用。《中国青年报》还将起航的照片登在了头版；各大门户网站也纷纷转发，在网站首页头条滚动播出。

远征“非洲战场”找到“士兵”感觉

这是我继 1997 年第一次随中国海军舰艇编队出访美洲四国后，第 6 次随海军军舰走出国门、走向大洋。然而，这次与以往出访有所不同：过去出访我所乘坐的是海军战舰——导弹驱逐舰，任务是以军事外交和友好访问为主；而这次乘坐的是海上医院船，是以医疗服务为主，履行海外国际人道主义义务为主题。因此，这是一次全新的远航，对我来说，既富有新鲜感，又具有挑战性。

出于新闻记者的职业本能，我意识到“和谐使命 –2010”任务具有很强的新闻价值和历史意义。“和平方舟”号走向大洋，进行人道主义医疗服务，执行的是国家的使命，代表的是中国军队和国家的形象，是扩大中国国际影响的一种新的形式，必将引起世界广泛关注。它还是新时期人民海军成长发展过程中具有里程碑意义的一次远航，将开创海军历史上的多个“第一”。因此，当我得到“和平方舟”号医院船将要出发的消息后，便积极进行着多项准备工作。

首先是争取参加名额。由于随舰记者名额减少，新华社只有一个名额，经过多次协调还是随舰出访无望，心中不免有些着急。关键时刻，海军首长给予了关怀。海军作战部专门为新华社增加了一个名额，同时海军首长还赋予了我新的拍摄任务：在完成新闻图片报道任务的同时，要用相机对“和谐使命 -2010”任务进行全程记录，为海军拍摄照片资料，还要编辑出版一本纪实性的摄影画册，存入海军发展史的永久档案。

当我正式接到随舰出访的任务通知时，时间已经很紧了，按照要求，要做很多准备工作：本人政审、出境体检、接种疫苗、摄影器材、海事卫星、安装发稿软件、各种服装等，加起来有十几项，这些都要在有限的几天内完成，每天都忙得不可开交。

再就是器材准备。根据以往几次随军舰远航出国访问的经验，我在摄影器材上做了精心准备，携带的机身为：佳能 EOS-1Ds Mark Ⅲ、佳能 EOS-1Ds Mark Ⅳ、佳能 7D。幸运的是，新华社计财局为了支持我赴亚丁湾采访，提前让我领到了这台新上市且引人关注的“小马 4”。

针对这次出国现场多变的特点，我在镜头的选择上可是费了一番脑筋：1.4 增倍镜、14mm 广角镜头、15mm 鱼眼镜头、16mm-35mm 镜头、24mm-105mm 镜头、28mm-300mm 镜头和 100mm-400mm 镜头。为了能在医院船通过新加坡海峡时，拍到新加坡首都高楼林立的城市景象，我特意从社里器材组借了一支焦距 600mm 的“大炮”，准备到时一展身手，弥补几次过新加坡海峡时留下的遗憾。同时，我还为“大炮”准备了一台重磅的三脚架，加强它的稳定性。

在发稿设备的准备上，我携带了两台笔记本电脑（一台用来发稿，另一台备用）、一部“比干 -700”型海事卫星和一张无线网卡。

在数码照片的储存上，我带了 3 块移动硬盘，总储存量达到了 3 个 T，用来储存和备份我在这 3 个月中拍摄的照片。

我就像一名要远征上战场的士兵，备足了武器和弹药。我曾经随中国海军军舰去过“美洲战场”“欧洲战场”和“亚洲战场”，这次我将要开辟的是“非洲战场”。当然，要想把这些重达上百斤的重型装备带到非洲，实属不易：5 只箱子外加一台三脚架，每样都是沉甸甸的。

8 月 26 日一早，我和文字记者吴登峰乘车赶往首都国际机场，我们携带的设备装满了“帕萨特”轿车的所有空间。在首都机场，由于摄影器材、笔记本电脑和海事卫星等贵重设备要随身携带，托运的行李刚好没有超重。

中午 1 时，国航 CA1893 航班准时降落在宁波机场。与来自海军某保障基地的接机同志会合后，我们直接奔向舟山群岛某军港。当汽车行驶在舟山跨海大桥上时，那紧绷的神经似乎才放松了下来，疲惫的我在车里睡着了。

“和平方舟”号首次通过新加坡、马六甲海峡

2010 年 9 月 7 日 7 时 55 分，“和平方舟”号医院船驶出南海，开始进入新加坡海峡。今天天气很好，一扫过去几天的连续阴霾，清晨阳光明媚，蓝天携着淡淡的白云，让人心情格外舒畅。我吃过早饭，带上 3 台佳能数码机身和 4 只镜头，爬到医院船的最高处，架起了三脚架，做好了拍摄前的准备。

我曾 4 次随出访军舰通过新加坡海峡，但都由于没有携带长焦镜头，只能看着远处繁华的景色望洋兴叹。为了这次新加坡海峡的拍摄，我特意携带了佳能 600mm 望远镜头，弥补过去留下的遗憾。

医院船刚进入新加坡海峡南口，迎面就看到从印度洋驶来的上百艘商船，船队浩浩荡荡，一眼望不到边。这些商船从几百吨到数万吨不等，争先恐后，你追我赶，犹如海上分列式，场景蔚为壮观！回想以往几次通过新加坡海峡的情景，从来没有见过这样的场面。

我透过 600mm“大炮”搜寻拍摄目标。突然，一艘熟悉的军舰映入眼帘，是 168 舰！它旁边是新型导弹护卫舰 568 舰，停泊在新加坡樟宜军港。原来，这 2 艘中国军舰刚完成第五批亚丁湾护航任务，返航途中对新加坡进行友好访问。

2007 年和 2009 年，我曾跟随 168 舰出访俄、英、西、法等欧洲四国，赴巴基斯坦卡拉奇参加“和平 -09”多国联合军演，同舰上官兵结下了深厚的战友情谊，光荣地成为 168 舰的“荣誉舰员”。我按捺不住激动的心情，给在 168 舰上的护航编队政委陈俨将军发去了短信，向战友们表示崇高的敬意和亲切的问候！

↓ 新加坡标志性建筑：金沙空中花园。3 座 H 型的高楼顶端，托着一艘上百米长的“巨轮”，从海上望去，蔚为壮观。

紧接着，新加坡繁华市区的高楼大厦进入镜头，鳞次栉比的楼群充满画面，仿佛一下子把我和新加坡市区的距离拉近。

在这些极富现代化的建筑群中，有一组气势宏伟的新建筑令我震撼：3座H型的高楼顶端，托着一艘上百米长的“巨轮”，上面绿树葱葱，犹如空中家园一般，设计建造非常奇特！身旁的副指挥员汪光鑫大校告诉我说，这就是新加坡著名的“空中花园”，是新加坡的标志性建筑。我激动地不停按动相机的快门，生怕漏掉这些稍纵即逝的画面。

新加坡海峡，长105公里，是世界上最繁忙的商业航线之一。穿越100多公里的新加坡海峡，“和平方舟”号用了3个多小时。10时50分，“和平方舟”号驶出新加坡海峡后，继续穿越马六甲海峡。

9月8日，“和平方舟”号医院船在马六甲海峡与印度洋连接处，成功进行了首次海上补给。

早上6时许，刚刚为海军第五批护航编队返航途中进行补给的“鄱阳湖”号综合补给舰准时抵达补给海域，与“和平方舟”号医院船会合后，保持同向同速航行，展开补给部署。

“发射引缆！”随着指挥员一声令下，“鄱阳湖”号综合补给舰引缆发射号手将引缆发射至医院船左舷。紧接着，在引缆的牵引下，输油管一次性快速对接成功。“收紧钢索！”在“和平方舟”号医院船和与之相距40多米的“鄱阳湖”号补给舰之间，凌空架起了一道索桥。经过2个小时的补给，“鄱阳湖”号综合补给舰成功为“和平方舟”号医院船补给了计划数量的燃油。

这次补给采用的是航行中横向补给的方式。补给结束后，“和平方舟”号医院船将继续向亚丁湾海域进发。按计划，在抵达亚丁湾任务海区和亚非五国港口期间，还要进行数次补给。

拍摄完横向补给过程后，我迅速编辑好10张现场照片，呈送指挥员包裕平将军审阅。然后，我来到04甲板，架起海事卫星，接通笔记本电脑，找准卫星信号，将这组照片传往遥远的北京总社，向祖国人民汇报。

乘新型救护直升机在印度洋上空航拍

2010 年 9 月 9 日零时 51 分，“和平方舟”号医院船穿越马六甲海峡西北口的安达曼岛，进入孟加拉湾驶入印度洋，航向正西北，向着亚丁湾，开始了 3200 海里的印度洋大跨越。

为了更好地为在亚丁湾的海军护航部队官兵进行医疗服务，这次还特意安排了一架新型医疗救护直升机随“和平方舟”号前往亚丁湾。

这架直－八型救护直升机，来自海军第一支舰载机部队——北海舰队航空兵某直升机团。这是一支享有盛誉的功勋部队，曾出色完成了首次南太平洋发射远程运载火箭打捞数据舱、南极考察建站等多项重大任务，参加过“和平使命 -2005”、奥运安保、多国海军活动、亚丁湾护航等战备演习任务百余次，随舰出访过 30 多个国家和地区，填补了中国航空史上数十项空白。

我曾多次搭乘这个团的直升机拍摄海上军演，并于 2001 年同他们一起随“深圳”号导弹驱逐舰首访欧洲四国，翱翔在太平洋、印度洋和大西洋上空。经过同舟共济的远洋航行，我同这个直升机团的许多飞行员建立了深厚的战友情谊。

为执行这次“和谐使命”任务，该团派出了由 20 人组成的直升机组，机长由蒙光明副团长担任。我和蒙光明也是老朋友了，十几年来我们有过多次海上航拍合作。这次见面分外激动，都为又能在一起出国执行任务而感到高兴。

如今已是海军特级飞行员的蒙光明上校，毕业于海军飞行学院，在 26 年的军旅生涯里，空中飞行时间超过 3000 小时，浑身透着东北汉子的直率和豪气。他先后飞过初教六、直五、米八、超黄蜂、直－八等 5 种机型，是 4 种气象机长、教员及飞行指挥员，执行过“神威 -95”、“利剑 -2000”、“和平使命 -2005”、出访澳新、多国海军节活动等 30 多次重大任务，荣立过二等功 2 次，三等功 3 次，接受过党和国家领导人的检阅。

↑ 海军新型医疗救护舰载直升机，首次亮相印度洋。

9 月 13 日，印度洋上刮起了 4~5 级偏西风，海空晴朗，能见度好，是个飞行的好天气。

上午 8 时 30 分，直升机要进行航行中起降训练。一大早，机务人员就将直升机推出机库，进行起飞前的各种准备。

这是中国海军新型医疗救护直升机首次在印度洋亮相。因此，我们向指挥员提出搭乘直升机航拍的申请，希望能记录下这一历史时刻。我们的申请很快得到了批准，我随即着手为航拍工作做准备。

根据以往在海上航拍的经验，我只携带了 3 台相机和 3 只镜头：佳能 EOS-1Ds Mark Ⅲ、佳能 EOS-1Ds Mark Ⅳ 和佳能 7D, 分别配上 15mm 鱼眼、

16-35mm、28-300mm 镜头，轻装上阵。这样既可以适应直升机上狭小的空间，又可以在有限的航拍时间里不用更换镜头，集中精力进行拍摄。

根据指挥组安排，我被批准搭乘第一个架次登机航拍。

8 时整，我提前来到直升机甲板，看到蒙副团长正在指挥机组人员对直升机进行检试。借此机会，我向他了解了一下这架新型救护直升机的性能。他介绍说，这架直升机由我国制造生产，去年在纪念海军成立 60 周年青岛海上阅兵时首次亮相。主要用于伤员转运、海上搜救、人员物资运送。装备有救生设备 1 套，包括救生绞车一副、绞车操纵装置、吊带、吊篮；空中医疗设备 1 套，含立式心电除颤仪 1 台、壁式心电监护仪 3 台、中心吸氧系统 1 套。可乘坐坐位伤员 18 名、卧位伤员 10 名。可在空中为伤员提供紧急医疗救治，必要时可展开 1 台手术。在这次机组人员安排中，第一次专门配备了 2 名医务人员来操作这些医疗设备。

在直升机上，我按照常规首先穿好救生衣，空中机械师蒯守奇上校认真帮我系好了安全带。可别小看这条安全带，还真有它的规范和要求。因为航拍时要舱门打开，飞行转向时直升机会发生倾斜，所以，安全带的长度有严格要求，既不能太长，也不能太短。长了，人员容易掉出舱外；短了，会影响拍摄。所以，安全带的长度以人员身体不掉出舱门为准。细心的老蒯看我的眼镜没有固定，就临时找来一根细绳将眼镜腿系紧，以防被空中的强风吹落。

起飞前，指挥员包裕平司令员也来到直升机旁，嘱咐我将安全带系好，把救生衣穿好，提醒我拍摄时一定要注意安全，满载而归。我当时心头一热，回答说："安全带已系好，请包司令员放心！"

8 时 30 分，直升机轰鸣着拔地而起，托举着 10 吨的起飞重量飞离甲板，在舰艇上方做了一个精彩的空中亮相后，飞向了湛蓝的印度洋海空。

直升机起飞后，空中机械师将舱门打开，强劲的航行风顿时吹进舱内。我屏住呼吸握紧相机，集中精力寻找海上目标。啊！看到了！"和平方舟"号就在飞机下方，它正以每小时 20 节的航速破浪行驶，桅杆上那鲜艳的五星红旗在海风中迎风猎猎，白色的船身上那硕大的红十字在蓝色的大海中格外醒目，舰尾和两舷激起白色的浪花，蔚为壮观！我急忙举起相机抓拍，3 台数码相机轮番使用，拍摄出了几种取景和构图大不相同的画面。这次拍摄的图片极富视觉冲击力，其效果令我自己都感到震撼！

为了能拍出“和平方舟”号航行状态的最佳效果，我向蒙光明示意飞得再近些，从它的船艏上方贴近飞过。蒙副团长立即将直升机在空中划了一个弧线，调整好飞机状态，选择好角度，向着“和平方舟”号飞去，并提醒我注意拍摄时机。

直升机几乎与“和平方舟”号成垂直角度，慢速地从它的上方通过，机身下方的“和平方舟”号近在咫尺，此时画面的视觉效果更加具有震撼力，这样的画面通常是很难看到的。我感到心跳明显地加快，相机快门在手中频频作响，记录下了这个精彩的瞬间。为了追拍运动着的医院船，我身不由己地将身体探出了舱外，这可吓坏了空中机械师蒯守奇。他眼明手快地一把拉住了我身上的安全带，由于钢丝绳很细，把他的手勒出了一条血印。当然，这个情况是在直升机降落后我才知道的。

30 分钟后，直升机完成起降和航拍任务，安全返回“和平方舟”号。

我在电脑上查看这次的航拍照片，总体感觉是成功的。通过鱼眼、超广角和长焦等不同焦距镜头的运用，获得了截然不同的影像画面。3 款佳能数码相机 EOS-1Ds Mark Ⅲ、佳能 EOS-1Ds Mark Ⅳ和佳能 7D，由于各自画幅不同（分别为 1∶1、1∶1.3 和 1∶1.6），也直接影响了影像画面的构成。在拍摄时，我利用各自的特性，尽可能地发挥它们的优势。

由于我在直升机上穿着厚厚的救生衣，身上的衣服全部湿透了，满脸都是汗水，整个人就像是被从水里捞出来的一样。回到住舱，我赶紧脱去湿透的衣服，冲了个澡，爽快了许多。

我从航拍的几千张片子中选取了 12 张编辑成组照，取名为《国产新型医疗救护舰载直升机亮相印度洋》，在航行中的“和平方舟”号上通过海事卫星，将它们发往北京总社。

难忘的亚丁湾

9月14日，“和平方舟”号在跨越印度洋时，遭遇西南季风，最大风力达到8~10级，浪高4米，凶猛的海浪一个接着一个，大有排山倒海之势。排水量为15000吨的“和平方舟”号在风浪中穿行，出现前后、左右摇摆，有不少人晕船，餐厅里吃饭的人明显减少。我也感到难受，没有食欲，不能长时间看电脑，但晕船的感觉不太严重，还能坚持到驾驶室抓拍舰艄激起的海浪。

9月15日7时，“和平方舟”号医院船在安全航行5300余海里后，驶抵亚丁湾东口，开始进入亚丁湾。此时，海上风浪明显减小，海面逐渐平静下来。

晚饭后，大家在飞行甲板活动，突然有人惊呼起来。原来，此时的海面特别平静，一丝波纹都没有，和昨天的海况形成鲜明的对比。几位女医护人员非常惊奇，争先恐后地说像西湖、像镜面，还有的说像绸缎，争论不休，惊叹不已！有不少人干脆举起相机拍了起来，场面好不热闹。大家早把晕船忘在了脑后。

啊，亚丁湾！让我有着无限感慨的亚丁湾，我又回来了！10年来，这是我第5次来到亚丁湾。

2001年3月，我随中国海军舰艇编队首次出访德国、英国、法国和意大利，2次通过亚丁湾。2007年8月，我随“广州”号导弹驱逐舰出访俄罗斯圣彼得堡、英国朴茨茅斯、西班牙加的斯、法国土伦，又2次经过亚丁湾。但与这次不同的是，2007年的亚丁湾还很安全和平静，没有海盗出现，出入苏伊士运河的商船也没有受到海盗的袭扰。没想到仅仅两年多的时间，亚丁湾海域就成了海盗猖獗的地方，成了世界各海军军舰的聚集地，成了全世界关注的焦点。当今世界，真是让人有点搞不懂了！

“海军十佳舰长”王建勋

在“和平方舟”号医院船上，还有一位来过5次亚丁湾的人，他就是副指挥员、东海舰队某支援舰支队队长王建勋大校。2009年7月，他率领2艘新型导弹

个“海军十佳舰长”王建勋，担任副指挥员。

护卫舰参加了中国海军的第三次亚丁湾护航任务，并在这次任务中担任预备指挥员。在长达158天的护航任务中，他带领中国军舰护航53批，驱赶过多批疑似海盗船的袭扰，护送582艘中外商船安全通过亚丁湾，驶入印度洋。

时隔9个月，王大校再次随“和平方舟”号来到亚丁湾执行任务，颇有感慨。亚丁湾，已经是他的“老朋友”了。他对亚丁湾430海里护航航线的海况和海盗活动规律十分熟悉，哪段海区是风浪区，距离是多少，他都了然于心。

出身于军人家庭的王建勋，于1980年9月考入大连海军舰艇学院。军校毕业后，他直接任扫雷舰观通长，担任过扫雷舰、护卫舰和驱逐舰舰长，驱逐舰支队参谋长和支援舰支队长，2次赴俄罗斯圣彼得堡接收新舰，并作为“现代级”导弹驱逐舰舰长，驾舰穿越亚丁湾，跨越印度洋，安全顺利归建，出色完成任务。

就像他的名字一样，在20多年颇有传奇色彩的海上舰艇生活中，他经历了许多锤炼和考验，且每次都能以骄人的成绩完成自己的使命。他还练就了在大风浪中不晕船的本领，似乎注定了他这一生就要与大海、与军舰为伴。

这位执着、干练而又睿智的山东汉子，率舰参加过全军和海军组织的多项重大活动和联合军演，屡创佳绩，建立功勋。他被评为首届“海军十佳舰艇长”“海军优秀基层主官”，荣立二等功1次、三等功3次。他在用自己的行动，默默地实现着父辈寄予他的殷切希望。我和王建勋大校是多年的老朋友。90年代中期，王建勋在旅顺担任护卫舰舰长时，被评为“海军十佳舰艇长”。那时，我慕名前去采访，并为他拍摄肖像照片，刊登在总参主办的《军事》杂志1998年第一期的封面上。这是一本全军性的军事刊物，要求很苛刻，没有过硬的军事训练成绩，不是在军兵种军事训练中的领军人物，是不能登上封面的。从那时起，我们就结下了深厚的友谊。一转眼十几年过去了，回忆起来仿佛就在昨天。

再过两天就是中秋节了。在“和平方舟”号的甲板上，王建勋望着亚丁湾上空快要满月的月亮，动情地对我说：“自从2005年以来，就没有在家过过中秋节了，每年都是在海上执行任务中度过的。去年和今年的中秋节，正好都是在亚丁湾度过，这在人的一生中非常难得，很有纪念意义。”

这位优秀的海军指挥员的情感是丰富的。在他住舱的办公桌上，有一个精致的相框，里面镶嵌着他妻子的照片，就如同美丽、贤惠的爱人一直在他的身边，陪伴着他在远离祖国的亚丁湾执行神圣而又光荣的“和谐使命”。

印度洋大跨越 与护航编队会合

9月16日，经过连续16昼夜5880海里的远航，驶入亚丁湾东口的“和平方舟”号医院船与海军第六批护航编队会合，实现了“和平方舟”号的首次印度洋大跨越。

在我的航海经历中，这已经是第5次跨越印度洋了。14日，印度洋上刮起了西南季风，成了这次印度洋给我们的见面礼。

15日，“和平方舟”号在穿越印度洋风浪区、进入亚丁湾后，就像进入了杭州西湖，风平浪静。不料，我们高兴得太早了，亚丁湾的高温气候，让我们始料未及。这里不仅温度很高，盐分和湿度也很大。当太阳升起后，甲板上的温度立即蹿到五六十度以上。只要一来到舱面活动和拍照，我就像进入了蒸笼一样，马上就会汗流浃背，浑身湿透。

亚丁湾，是指印度洋西北、也门和索马里两国之间的一片水域，位于亚洲阿拉伯半岛和非洲索马里半岛之间。它东连阿拉伯海，西经曼德海峡与红海相连，是波斯湾石油输往欧洲和北美洲的重要水路，被称为“海上咽喉”，也是全球海盗活动的主要区域之一。亚丁湾沿岸的主要港口城市有也门的亚丁，索马里的柏培拉、博萨索，吉布提的首都吉布提。

亚丁湾以也门的海港亚丁为名，北面是阿拉伯半岛，南面是非洲之角，西部渐狭，类似喇叭口，东西长1480千米，平均宽度482千米，面积53万平方千米。

由于红海、亚丁湾和阿拉伯海之间海水的大量对流，强烈的蒸发作用和季风的影响，使其水体结构十分复杂，表层水含盐度高，水温在25℃~31℃之间，船上住舱里使用的用海水淡化而来的生活用水水温很高，也就好理解了。据指挥所负责气象保障的刘力辅台长说，吉布提的气温在30℃~40℃之间。这使我马上联想到去年在北京沙河阅兵村的采访经历，在如此高的气温中采访，就同在太阳底下被烧烤一般。

“和平方舟”号与海军第六批护航编队海上会合仪式，计划于16日下午16时举行。为了记录下这具有历史意义的一刻，指挥组决定用直升机进行航拍，我搭乘第一个架次升空航拍。

有了上一次的航拍经历，我心中踏实了许多。15时30分，当直升机启动时，我已经在机舱里准备完毕：救生衣、安全带已经系好，眼镜腿也绑好了，3台相机全部检查就绪。

16时45分，直升机驶离“和平方舟”号甲板。领航主任朱世革向我示意，机舱里的温度达到52℃。此时，我们仿佛置身于一个密封的高温罐子里。我环顾了一下四周，舱里所有人的脸上已经布满汗水，我的上衣也已全部湿透。

直升机升空到离海面150米高度后，空中机械师蒯守奇将舱门打开，一股强劲海风吹进机舱。此时，在亚丁湾执行第六批护航任务的“兰州”号导弹驱逐舰和“微山湖”号综合补给舰组成的单纵队，乘风破浪，正朝着“和平方舟”号驶来。我通过耳机与机长沟通，希望能靠它们更近一些。直升机在空中微微一点头，机身一斜，便朝着它们迎面飞去。

近了，更近了！舰上的官兵们身着全白军服，精神抖擞地在左舷甲板整齐列队。从空中望去，犹如一道海上长城，坚不可摧！一架直九C型舰载直升机停在“兰州”号导弹驱逐舰的飞行甲板上，一队特战队员身着黑色特战服持枪在舷边站立，相当威武！

直升机沿着两舰的左舷飞行，最先经过的是“微山湖”号综合补给舰。排水量为20000多吨的“微山湖”号“身材魁梧”，已连续参加了第五、第六批护航任务，在亚丁湾执行护航任务达6个月之久，担负着护航编队燃油、淡水和主副食品的保障任务，是护航军舰和官兵的海上“保姆”。

航行在“微山湖”号前方的是“兰州”号导弹驱逐舰。这艘代表着中国科技发展水平的新型导弹驱逐舰，除了具有很强的作战能力外，其漂亮的舰体还有隐形功能，在亚丁湾海域一亮相就引起了世人的关注，在执行护航任务中为中国海军赢得了荣誉。

“和平方舟”号的桅杆上，悬挂起了“你们辛苦了，向你们学习！”的旗语；左舷悬挂起了“向亚丁湾护航战友们学习致敬”的红色横幅，向护航官兵表达着敬意。

在“和平方舟”号还未与“兰州”号和“微山湖”号交会之前，直升机在有限的十几分钟里，顺时针绕着3艘舰飞行，为我和摄像记者提供最佳的拍摄角度。

16时整，当“兰州”号导弹驱逐舰和“微山湖”号综合补给舰组成的编队与“和平方舟”号医院船交会时，“和平方舟”号医院船首先拉响汽笛，全体舰员分区列队立正敬礼。同时“微山湖”号综合补给舰也以汽笛回应医院船的问候，双方舰员相互挥手致意，“和平方舟”号医院船与护航编队在印度洋亚丁湾顺利会合。

此时，由蒙光明副团长亲自驾驶的直升机正好飞临“和平方舟”号与两舰交会处的右上方，高度和角度恰到好处。标有红色十字的“和平方舟”号慢慢驶入镜头成为前景，远处是相向而行的“兰州”号导弹驱逐舰和“微山湖”号综合补给舰，场景蔚为壮观！我用手中的相机见证和记录下了这个神圣的时刻，将这具有历史意义的场景定格成为永恒。

亚丁湾海上会合仪式结束后，我编辑好 14 幅航拍照片，经指挥员包裕平将军审阅后，发往万里之遥的北京新华总社。

在亚丁湾庆祝新中国成立 61 周年华诞

2010 年 9 月 29 日，中国海军“和平方舟”号医院船圆满结束了对吉布提为期 7 天的访问和人道主义医疗服务，离开吉布提驶向亚丁湾海域，继续为我护航编队官兵提供医疗服务。

为庆祝新中国成立 61 周年，“和平方舟”号医院船在亚丁湾举行了多种富有特色的纪念活动，为新中国送去最美好的祝福。

首先，举行了隆重的升旗仪式

9 月 30 日，“和平方舟”号医院船在亚丁湾举行了庄严而又隆重的升国旗仪式。

当地时间上午 8 时，“和平方舟”号医院船全体人员身着全白军服整齐列队。在庄严的国歌声中，鲜艳的五星红旗在桅杆上冉冉升起，全体官兵怀着激动的心情，向国旗行军礼和注目礼，在万里之遥的亚丁湾，祝福伟大祖国繁荣昌盛，人民幸福安康！

“和谐使命 –2010”任务指挥员、海军某保障基地司令员包裕平少将在升旗仪式上激动地说：“今天，我们在亚丁湾上举行隆重升旗仪式，庆祝中华人民共和国 61 周年华诞，表达我们‘身处异域大洋，心系祖国母亲’的赤子之心和‘走好和谐之旅，当好和平使者’的报国之志。列宁曾经说过，纪念伟大日子的最好方法，就是把未完成的革命工作继续下去。希望同志们始终牢记祖

个 2010 年 9 月 30 日，“和平方舟”号医院船在亚丁湾举行升国旗仪式。

国和人民的重托，把爱国之情转化为报国之行，以忠诚和信念、勇敢和奉献，在流动的国土上书写报效国家新的篇章，以实际行动和优异成绩向祖国递交一份优秀答卷！”

包司令员的讲话令全体官兵深受鼓舞，信心倍增。

为了能够拍摄到最好的画面，我提前爬到桅杆的最高处，等待这一庄严时刻的到来。当信号兵在指挥员的口令下将五星红旗缓缓升起的时候，我屏住呼吸，用超广角镜头拍下了珍贵的历史瞬间。画面上，我把鲜艳的五星红旗作为前景，信号旗作为陪衬，远处是蔚蓝色的亚丁湾，中景是洁白而整齐的队伍，两侧是 6 艘标有红十字的白色救生艇，画面环境交待得很清楚，构图也很新颖，具有强烈的视觉效果。后来，这张照片被《中国青年报》刊登在 10 月 1 日的第一版突出位置，受到国内多家报刊的青睐。

接着，组织越洋视频亲情对话

当地时间9月30日上午9时，海军首长通过视频电话，对远在海外执行任务的4艘海军舰船上的官兵致以亲切的慰问。包裕平少将代表全体官兵感谢首长关怀，始终牢记“祖国利益高于一切，民族尊严高于一切，军队形象高于一切，海军荣誉高于一切”，决心尽最大努力完成下一阶段人道主义医疗服务。

海军首长和机关为了让远在亚丁湾执行任务的官兵们能在国庆节与家人见面通话，专门安排了越洋视频通话。我有幸成为“和平方舟”号医院船上15名官兵代表之一，参加了这一具有特殊意义的活动，并被安排在第一个。在远隔千山万水的印度洋亚丁湾，我通过视频电话与在北京的家人通了话。我和家人在视频上通话的场景，还在当晚中央电视台第七套军事节目中播出。

参加视频对话的代表们，是来自船上不同单位和专业的人员，既有机关的同志，也有海上医院的医生，还有随船出访的翻译。参加视频对话的家庭情况各有不同，有的是刚新婚不久的年轻夫妻，也有的家中孩子还不满一岁。所以，视频对话的现场很热烈，内容也很丰富，有谈海上生活的，有关心孩子的，也有两人对视眼泪汪汪的。来自海军装备研究院的翻译李妮娜，眼含热泪与新婚不久的丈夫通话，说到动情时，远在北京的爱人热泪盈眶地为她唱起了《爱你一万年》。歌声通过卫星信号跨海越洋传过来，令在场的人无不为之感动。

越洋视频对话一直持续到中午12时许，大家似乎有说不完的心里话，远远超过了原本规定的每人5分钟的对话时间。

第三，举办迎国庆甲板赛歌会

9月30日晚，指挥所政工组精心组织了一台“迎国庆赛歌会”。晚饭后，全体官兵身穿白色军服提前来到04甲板。被推选出来的几位裁判在场边就座，现场为参赛歌手打分。

赛歌会别开生面，欢声笑语和激扬优美的歌声响彻亚丁湾上空。

↑ 海军首批女舰员驾驶“和平方舟”号医院船勇闯大洋。

最令人捧腹大笑的是女兵队表演的活报剧和情景剧，剧本由她们自己创作，内容来自海上的生活，取得了很好的反响和效果。平时看似腼腆的女兵们，演起节目来就像换了一个人，非常投入和认真，艺术才能得到充分展现。女兵们凭借学到的艺术表演特长，自编自演的几个节目都赢得了大家热烈的掌声。

在欢呼声中，包裕平司令员走上台来，饱含深情地将一首歌曲献给祖国母亲，祝福伟大祖国更加繁荣富强，迎接更美好的明天。深沉、悠扬的歌声穿过亚丁湾上空，飞向遥远的祖国。此情此景，让在场的全体官兵无不为之动容，掌声雷动。

第四，包饺子庆国庆

10 月 1 日下午，指挥所组织全船官兵包饺子过节。

400 多人一起包饺子，这在我的海上经历中还是第一次，尤其是在远离祖国的印度洋亚丁湾上，更是不容易。俗话说，吃饺子容易，包饺子难。为了这次“亚丁湾饺子宴”，船上的后勤保障人员早做筹划，炊事班的同志更是辛苦，提前把面和饺子馅准备好，帮厨的同志上午就开始到伙房忙碌，真是全船齐动员。

下午2时，舰员们兴高采烈，像过年一样，来到各自的餐厅，会和面的和面，会擀皮的擀皮，会包饺子的包饺子，争先恐后地动起手来。

作为一个北方人，一开始我对这次“饺子宴”很是担心，因为船上大部分人都是南方人，平时很少吃饺子。到现场一看，我才知道自己的担心是多余的，大家包起饺子来动作熟练，比我包得还快还好，让我惊讶不已。

包裕平司令员是个江苏人，包起饺子来动作非常利索，我不禁纳闷起来。原来，他在1973年入伍时，在海军青岛潜艇学院学习过3年，之后又2次到潜艇学院深造，加起来在青岛生活有6年之久。6年的青岛生活，让他练就了一手包饺子的好手艺。他擀的饺子皮不但圆还很薄，包的饺子也很有型，一看就是标准的山东饺子。

在大餐厅，包饺子的场面更是热闹非凡，不管是南方人还是北方人，男兵还是女兵，人人都在动手。擀面杖不够用，有人就用啤酒瓶子当擀面杖，包的饺子也有大有小，形状各异。人多力量大，没多久，几大盆饺子馅就被包完了。

下午5时，第一锅饺子出锅了，大家主动排起队来，希望能早点吃到自己亲手包的饺子。大伙们喜气洋洋，端着热腾腾的饺子，津津有味地享受着自己的劳动成果。整个大餐厅里欢声笑语，其乐融融，好一个难忘的“亚丁湾饺子宴”。

“蓝海天使”亚丁湾大演兵

10月7日，正在亚丁湾海域执行“和谐使命–2010”任务的“和平方舟”号医院船利用为护航官兵提供医疗服务的间隙，首次协同中国海军第六批护航编队，在远海开展了一场代号为“蓝海天使–2010”的非战争军事行动医疗救护协同演练。

这是中国海军首次在远海组织非战争军事行动医疗救护协同演练。“和平方舟”号医院船、“兰州”号导弹驱逐舰、“微山湖”号综合补给舰和国产新型舰载机、医疗救护直升机参加演练，海军东海舰队某保障基地司令员包裕平少将担任指挥员。

上午8时，“和平方舟”号医院船突然收到海上指挥所的信息：“一艘商船遭海盗袭击，有船员受伤，现已被我军成功解救。28名伤员已经得到我军护航舰艇、编队医疗所初步急救，请做好伤员救治准备！”

时间就是生命！接到任务的“和平方舟”号医院船火速驰援！

这次演练的重点，是完全按照护航舰艇编队护航队形实际情况，根据单舰艇救护所、编队救护所和医院船海上三级医疗救护体系，协同开展演练，提升舰艇编队医疗救护体系能力。

“和谐使命–2010”任务副指挥员、海军某作战支援舰支队队长王建勋介绍说，首先是距离事发海域最近的“兰州”号导弹驱逐舰前往解救商船并对伤员进行现场急救；然后将伤员送至设在“微山湖”号综合补给舰上的编队医疗所进行紧急救治；最后通过救护直升机将伤员送至远距离的“和平方舟”号医院船，进行早期治疗和部分专科治疗。

为了记录下参加演练的3艘舰船的海上行动态势，演练指挥所发出指令，由“和平方舟”号医院船上的舰载直升机提前起飞进行航拍，我被安排在第一个架次上执行航拍任务。

当地时间8时10分，新型医疗救护直升机从“和平方舟”号上拔地而起，向着演练海区飞去。此时，“微山湖”号综合补给舰和“兰州”号导弹驱逐舰开始进入演练阵位，蔚蓝色的亚丁湾成为中国海军“蓝海天使”的演兵场。直升机围着3艘舰船盘旋，不时改变着飞行高度，为我们选择最佳的拍摄角度。

从空中望去，高速行驶的战舰将湛蓝色的大海犁出道道白色的航迹。3艘参演舰船按照指挥所的指令，不断调整航线和航速。演练一幕接着一幕，一环扣着一环，场景壮观，令人震撼！

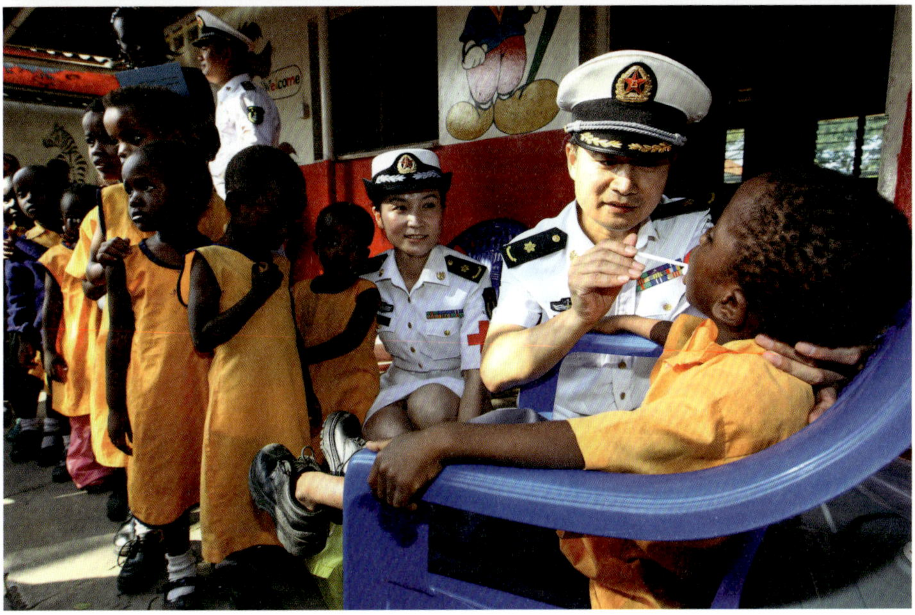

↑ 坦桑尼亚民众在码头排起长队，到“和平方舟”号医院船查体就诊。

↓ 海军总医院眼科专家王峰，在肯尼亚蒙巴萨为孤儿院儿童进行医疗服务。

8时45分，空中航拍结束。10分钟后，这架医疗救护直升机再次起飞，为设立在“微山湖”号上的海上医疗所送去急需的战伤救护药材，并将一批“伤员”输送到“和平方舟”号医院船上。

转瞬间，直升机搭载着5名“伤员”飞临“和平方舟”号医院船甲板，担架队员顶着螺旋桨搅起的旋风冲向直升机，迅速将“伤员”抬到海上医院分诊区。检伤分类组的医护人员正在对各种伤情进行检伤分类……

在医院船手术区，3个手术室同时展开了眼科、骨科和胸外3台手术。

一名眼睛受伤的“伤员”被推进了3号手术室，副主任医师刘百臣，率领手术组立即对其实施手术。刘百臣是一位眼科学博士，来自海军总医院眼科。在靠港吉布提期间，他4次前往吉布提贝尔蒂医院，先后为65位眼科门诊患者进行了诊治。在“和平方舟”号医院船上，他连续3天完成了9例白内障手术，在贝尔蒂医院完成了2例白内障手术，使患者重见光明，受到患者及家属、吉布提军政官员的一致好评。刘百臣曾于2001年赴西藏工作一年，用自己精湛的医疗技术，为藏族同胞手术320余台次，2005年被国务院授予“全国民族团结进步模范个人荣誉称”号，荣立三等功2次。

挂上电子伤票后的“伤员”被送到ICU病房。在这个拥有20张铺位的特殊病房内，多功能呼吸机、多参数监护仪、除颤起搏器、加压输液泵等先进诊疗设备早已开机工作。

根据电子伤票上显示的伤员病情信息——烧伤，冲击复合伤，头面、四肢、上呼吸道烧伤，肺爆震伤等，海上医院的医生们分工合作，为伤员准备治疗方案：杜亚南医生给伤员做了气管插管，陈雷医生准备呼吸机、输血、输液，普外科主任陈森林医生实施了紧急气管切开手术，伤员症状趋于稳定。

经过医院船全体医务人员的共同努力，所有“伤员”的早期治疗和部分专科治疗基本结束，“伤员”伤病情况稳定。

救治基本结束，演练还在继续。在完成国外伤病员的基本救治之后，如何与国际红十字会协作，将伤病员移交相关国家岸基医疗机构，成为此次演练的新课题。

10 时 06 分，医院船信息中心再次召开远程会议。指挥员包裕平少将正在向总后卫生部汇报情况："因我船需继续执行'和谐使命 –2010'任务，需通过国际红十字会，协调将伤病员移交相关国家岸基医疗机构。请总后卫生部明确移交程序及有关要求。"

总后卫生部回复："总后卫生部机关与国家卫生部、中国红十字总会进行了沟通和协调，并与相关国家红十字会取得联系，明确了伤病员通过 G 国海军基地移交给 G 国红十字会，并由该国移交至伤病员本国红十字会。"

包裕平少将对记者说："随着任务的不断拓展，'和平方舟'号医院船赴海外执行人道主义医疗服务期间，必将进一步加强同国外医疗机构的沟通与协同。这次的伤病员移交协同仅仅是一个尝试，也是一个开始。"

10 时 20 分，医疗救护直升机起飞，"伤员"转运工作正式开始。

我用手中的数码相机记录下了"蓝海天使"亚丁湾大演兵的全过程。随后，我将挑选出的照片编辑成一组 16 幅新闻图片，通过海事卫星发往北京新华总社。新华社将其中 10 幅照片编发通稿，向国内外数千家媒体传递来自亚丁湾"和平方舟"号的最新信息。

05

重访夏威夷

我曾于1997年、2011年和2013年4次随海军军舰到访过位于太平洋中部的夏威夷。

2011年9月30日，我乘“和平方舟”号医院船再次来到了阔别14年的珍珠港，看着曾经踏访过的美国海军珍珠港基地，心中感慨万千，当年的情景仿佛历历在目。

重访夏威夷

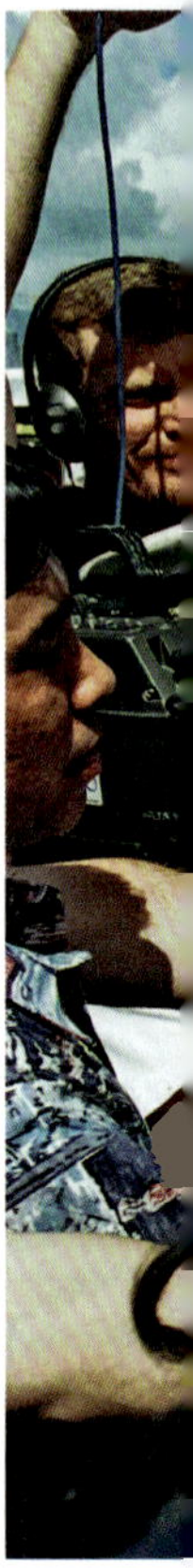

2011 年 9 月 30 日，我乘“和平方舟”号医院船再次来到了阔别 14 年的珍珠港，看着曾经踏访过的美国海军珍珠港基地，心中感慨万千，当年的情景仿佛历历在目。

我曾于 1997 年、2011 年和 2013 年 4 次随海军军舰到访过位于太平洋中部的夏威夷。

悄然变化的夏威夷

9 月 30 日，我们到访的第一站，就是珍珠港纪念馆。陪同我们参观的是一位居住在夏威夷的华人女士，名叫宋洁，约 30 岁。她出生在上海，父母都是上海人，在上海生活了 6 年后，就随父母去了香港，一直在香港长大，能讲一口流利的粤语和英语，普通话讲得也很好。宋洁个子很高，有 1.82 米，性格开朗，说话时总伴有笑声。她说：“我的名字很好记，如果‘洁’的音发不太准，就叫我‘宋姐’好了。”宋洁来到夏威夷生活已经 15 年了，目前在一个旅游公司工作，为到夏威夷旅游的中国人当导游。她的丈夫是一名律师。他们在夏威夷生活得很舒适、惬意。

夏威夷是太平洋上的一颗明珠，1959 年 8 月 21 日，夏威夷成为美国的第 50 个州。夏威夷群岛是由 124 个小岛和 8 个大岛组成，位于北太平洋中部，距离美国本土 38463 公里，总面积 16633 平方公里，是太平洋地区海空运输的枢纽。夏威夷州的首府和最大城市是火奴鲁鲁（檀香山），位于瓦胡岛。在夏威夷州 130 多万人口中，有 80% 的人居住在这里。夏威夷是美国唯一白种人不超过半数的州，白种人约占 1/3。日本人是夏威夷最大的亚洲少数民族，其

个 1997 年 3 月 9 日，中国海军舰艇编队指挥员王永国中将，在欢迎仪式后接受美国媒体记者采访。

次是菲律宾人、土著人、中国人、朝鲜人、越南人、老挝人和泰国人。

宋洁说："近些年，夏威夷的人口增长很快，我刚来的时候大街上没有这么多的车，也看不到这么多的人。每年前往夏威夷的 700 多万游客中，有 70% 来自美国本土。近年来日本游客大量增加，平均每年有 130 多万日本人到夏威夷，超过去美国大陆的游客人数。

日本人这几年在夏威夷大量购买土地等不动产，兴建旅馆和别墅，个人和企业均在这里投资。如今，夏威夷 80% 的高级饭店和几乎全部的高尔夫球场，均为日本人所有。在夏威夷生活的中国人约有 7 万。虽然人数不多，但华人在夏威夷的时间很长，最早的中国移民在 1852 年时就到达了夏威夷，至今已有 159 年的历史了。"

夏威夷有三大闻名之地：檀香山、威基基海滩和珍珠港。檀香山一直被评为美国最适宜居住的地区之一。这里环境优美、犯罪率低、社会福利高、教育完善、生活休闲、居民长寿（平均寿命 85 岁），因此，夏威夷又被称为“老年人的天堂”。

走在夏威夷街头，我见到最多的是日本老年人。他们年轻的时候在日本拼命工作，挣够了钱，就移民到夏威夷，远离日本本土紧张的生活节奏和狭小的生存空间，享受着这里充足的阳光和空气，安度晚年。

正如美国著名作家马克·吐温所说：“夏威夷是大洋中最美的岛屿，是停泊在海洋中最可爱的岛屿舰队。”

当我再次踏上夏威夷，徜徉在檀香山街头和美丽的威基基海滩时，发现

↘ 享有盛誉的夏威夷威基基海滩。

→ 夏威夷檀香山中国城内的孙中山塑像。

这里也在悄然发生着变化：街上的汽车多了，市区居住的人也多了，半山坡上的房子也稠密了。宋洁说，由于夏威夷的人口增长迅速，这些年又增加了几个市区，供来夏威夷定居的人们居住。夏威夷的房子是全美国最贵的，但和北京比起来，如果不是在黄金地段，如旅游胜地威基基海滩附近，一般性的住房要比北京便宜许多。

宋洁介绍说，在夏威夷买房子和美国本土一样，首先把地段看好，先买地，再建房子，地的费用占到整个房子的 2/3 地买好后，由专门的设计人员进行小区的整体设计，再由建筑公司人员进行建房。

由于夏威夷没有台风袭扰，岛上的房子大都是用木材搭建，所以，建房子并不复杂。房子样式由主人选定，因此，岛上的房子几乎没有重样的，每座房子各有特色。建一套面积为 100 多平方米的独立别墅，约需七八十万美元，

其中，建房土地费用需要40多万，建房子20多万就够了。当然，这套住房和土地是永久性的，产权归属个人。据说，在美国发生金融危机、经济不景气时，来自国内上海、广东等地的富商，以购买夏威夷的住房来当作投资，移民到夏威夷。

夏威夷人工作的时间很早，早上7点半上班，下午3点半下班，这大概和美国的时差有关。当我们下午乘车环岛游览时，正好赶上下班高峰，车队排起了长龙。夏威夷开始堵车了，这是我再访夏威夷时发现的最明显的变化之一。记得1997年来到夏威夷时，大街上人少车也少，犹如到了世外桃源、海上仙境。

战略地位重要的天然良港

珍珠港位于日、美之间太平洋东部的夏威夷群岛，距日本约3500多海里，距美国本土约2000海里。如果从空中俯瞰，珍珠港基地呈五指状，是一个天然的良港。珍珠港内码头水位很深，能停靠航空母舰等大型军舰，美国海军太平洋舰队的主力舰只停靠在港内，成为美国海军从本土伸向太平洋的桥头堡和加油站，是美国太平洋舰队最重要的基地，具有特殊的战略地位。

珍珠港海军基地，草坪碧绿，绿树成荫，一幢幢军官别墅坐落其间，草坪上还点缀着颇具海军文化特色的雕塑，整洁清晰，犹如进入了一座公园。基地占地面积很大，里面设施齐全，作战指挥中心、训练中心、水兵俱乐部、军人购物中心、军官宿舍、水兵宿舍和高尔夫球场，应有尽有。此外我还发现，珍珠港海军基地里面竟还设有一个地方警察局。

当时我对海军基地营区里设有地方警察局感到不解，为此采访过一位美国海军的驱逐舰舰长。他回答说："如果我舰上的水兵在基地里面触犯了法律，由基地里的警察局处理；如果水兵在基地大门以外发生违法事件，就由当地的警察局来处理，与我舰无关。我舰的任务和精力，就是指挥和研究海上作战。"这件事令我们很惊讶，与我们的管理体制大相径庭，给我和来访的中国海军军官留下了深刻的印象。

还有一件事情，令我记忆深刻，就是珍珠港人把热爱国家、崇尚英雄，

↗ 1997 年 3 月 9 日，夏威夷当地华人华侨手拿当天报纸和中国国旗，在珍珠港基地欢迎中国军舰来访。

→ 1997 年 3 月 10 日，夏威夷檀香山市艺术家，在珍珠港基地与来访的中国海军官兵进行联欢。

化作自己的自觉行动。在珍珠港基地，每天上午 8 点和下午 6 点，基地里高高的旗杆上都要进行升 / 降国旗仪式。在升 / 降旗前一分钟，一声清脆的小号声划破珍珠港基地长空，告诉人们很快就要升 / 降旗了。

这时，基地内所有的车辆都会自觉地停下来，即便是行驶在路中间的车也会原地停车。车上的人走下车，站在车旁面向升旗的方向，在院内行走的人们也会自觉地原地立正，面向旗杆等待着升 / 降旗。此时的珍珠港基地内，所有行进的人们都静止了下来。

一分钟后，小号声再次响起，升 / 降旗仪式开始，所有军人都会自觉地向着旗杆上的美国国旗行军礼，老百姓则把右手放在胸口行注目礼。当星条旗升到旗杆顶部时，升旗仪式结束，人们恢复行动，该干什么继续干什么。所有这些，看不到有人在现场指挥和监督，都是人们的自觉行为。

同样的场景，还出现在中国海军来访的军舰上。1997年3月9日至3月13日，我随中国海军舰艇编队出访夏威夷，我们的军舰就与美国海军军舰一起停靠在珍珠港基地的码头上。3月11日傍晚，中国海军编队指挥员王永国将军在“南仓”号指挥舰上举行甲板招待会，邀请美国海军高级军官携夫人参加。当美国海军来宾沿着“南仓”号舷梯登舰时，珍珠港降旗的小号响起。这时，所有来宾立即在原地站立不动，军人向降旗的方向行军礼，夫人们也站在旁边行注目礼，登舰的美国海军官兵有的站在舷梯上，有的站在甲板上，全都保持标准的立正姿势。这一情景正好被我碰上，我还用相机记录下了这一场景，至今难忘。

太平洋战争博物馆

9月30日下午，我们来到著名的太平洋战争博物馆参观。博物馆门口伫立着高高的旗杆，星条旗在旗杆上飘扬。前来参观的人进进出出，络绎不绝，其中，还有不少日本游客。

今天的阳光非常好，蓝天白云，非常适于拍照。宋洁说，其实夏威夷一年四季都是这样，蓝天上飘着白云，阳光明媚，空气清新，总让人心情愉悦。

1962年5月，美国时任总统肯尼迪指定“亚利桑那”号沉没处为国家陵园，并在沉船水域的水面上建立了“亚利桑那”号纪念馆。

进入纪念馆大门，我首先来到太平洋战争博物馆陆地馆。它由室外展区、室内展览厅、书店、电影院组成。游客中心书店出售各种以珍珠港事件为主题的画册、书籍、地图、战争歌曲唱片、明信片和印有珍珠港图案的纪念品，充满浓烈的怀旧气息。

纪念馆书店里还出售一种特别的商品——珍珠港事件发生当天的报纸的复制品。其头版大标题是“WAR！ OAHU BOMBED BYJAPANESEPLANES”（“战争！瓦胡岛遭到日机轰炸”）。据说，这份经过反复印刷的报纸，从建馆开始一直卖到现在，来参观的人们纷纷购买收藏。

我举起相机，搜寻着可供拍摄留念的景物。纪念馆的左侧有一个小广场，围绕着广场中央飘扬的星条旗，数十个大理石基座分前后两排顺时针排开。每个基座的标识牌上，分别刻有当年停泊在珍珠港内的舰只的编号和舰种信息。

纪念馆的右侧，是 1990 年建造的纪念环。34 个蓝色标牌面向大海呈环状排列，镌刻着 1200 多名来自空军、海军、陆军部队和平民死难者的姓名。圆环中央是珍珠港平面图的沙盘，清楚地标出在遭受空中打击的那一刻，每一艘舰船所停泊的位置。

室外展区的右侧，是潜水艇“弓鳍鱼”号博物馆。据介绍，“弓鳍鱼”号是美国 288 艘参与第二次世界大战的潜艇之一，在二战中击沉 39 艘日本货船和 4 艘日本军舰，击沉总吨位大约 7 万吨，战功卓著，在二战美军所有潜艇中排名第 17 位。参观者通过舰桥可以走上这艘柴油发电的潜水艇，艇内陈设一览无余。“弓鳍鱼”号博物馆还陈列着一艘日军当时建造的单人座自杀鱼雷潜艇。

趁着室外光线好，我先对展区的实物进行了拍摄，再进入展厅参观。我将数码相机的感光度调高到2500度，为的是利用室内自然光拍摄，不打闪光灯。展厅内陈列着大量的实物和照片，似乎又把人们带回到了几十年前的珍珠港事件当中。

进入展厅，首先看到的是墙上挂着的巨幅照片。照片上珍珠港内浓烟滚滚，遭日机轰炸的场景十分残烈。直面这些历史影像，我感受到的是无比的震惊和感叹！这些照片是对日本偷袭珍珠港的真实记录，触目惊心。同时我也在想，当时拍摄照片是些什么人？据说，这里展出的有些照片，为当时在夏威夷的日本人所摄。

在展览厅的一个玻璃橱窗里，有水上纪念馆的白色模型，人们可以看到水上纪念馆是如何架在“亚利桑那”号的残骸上的。它的背景墙壁上，是“亚利桑那”号战列舰全体官兵的合影照片。通过玻璃的反光，照片上官兵的倒影正好与白色的“亚利桑那”号水上纪念馆融为一体，象征着 1100 多名“亚利桑那”号战列舰官兵长眠水下。

还有一艘日本海军航空母舰的模型，被放置在一个玻璃柜里，航母上停满了画着日本国旗的日军飞机。一个被击落的日机发动机残骸也在展示柜内展出。整个展室的展品，非常直观、客观地向人们展示了珍珠港事件的全过程，告诫人们不要忘记这段历史。

“亚利桑那”水上纪念馆

海军小艇载着人们驶向水上纪念馆。我远远地就能看见，在碧海蓝天之间，有一座白色的建筑仿佛漂浮在海面上。它中间凹陷两端上翘，中部的旗杆上星条旗在飘扬。有资料介绍该纪念馆由当地建筑师阿尔弗瑞德·普瑞斯设计，但我还听说它是由夏威夷的一个华人设计的。白色的建筑横跨在“亚利桑那”号

↓ 美国夏威夷珍珠港内的“亚利桑那”水上纪念馆。

的残骸之上，与沉船形成十字形，同时它还像一座洁白的玉枕，让逝去的官兵长眠水下。

1997 年中国海军舰艇编队来访时，我曾跟随编队指挥员王永国将军登上过这座水上纪念馆。当时，美国海军太平洋舰队非常重视我们的来访，专门在这里为海军来宾举行了庄严而隆重的升旗仪式。我站在白色的“玉枕”里面，可以看见水下战舰的残骸。虽然已经过去了近 70 年，“亚利桑那”号残骸依然还有燃油慢慢渗出。那滴滴浮出海面的油花，被称为“亚利桑那”之泪。据说，由于当初设计巧妙，这浮出水面的油花还能持续 50 年。

珍珠港内清澈的海水，使得水下的“亚利桑那”号轮廓清晰可见。在锈蚀的甲板、紧闭的舱盖之上，沉船的烟囱像一张张大的无言的嘴巴，向前来参观的人们叙说着惨烈的战争留下的创伤。“亚利桑那”号旗杆的基座依然，经过修复的旗杆露出水面。每天清晨，海军士兵都会为已经无法出航的“亚利桑那”号升起星条旗。

在纪念馆的白墙壁上，镌刻着按照字母顺序排列的“亚利桑那”号战列舰 1177 位全体阵亡将士的名字，令人触目惊心。

据介绍，“亚利桑那”号战列舰遭击沉后，之所以没有被打捞，而是以这样的方式永远躺在海底，是因为“亚利桑那”号在中弹后引起了弹药库爆炸而沉没，非常惨烈，最后以最悲壮的方式告别战场。舰上阵亡的官兵人数，几乎占了在珍珠港阵亡的 2400 多名官兵的一半，成为珍珠港事件中最有代表性的一艘战舰。

在离“亚利桑那”号纪念馆不远处，还有另一艘战舰与第二次世界大战有关——“密苏里”号战列舰。“密苏里”号以杜鲁门总统家乡的州名命名，永远地停泊在它于 1945 年 1 月 2 日入水参战的地方。人们也许不会忘记，“密苏里”号见证了二战结束的历史性时刻：日本在其右侧甲板上签署了投降书，第二次世界大战由此画上了句号。

美国海军
圣迭戈军港掠影

1997年3月21日，中国海军舰艇编队经过8个昼夜、2317海里的航行，由珍珠港顺利抵达美国本土的圣迭戈海军基地，进行为期4天的友好访问。这是中国海军舰艇编队首次成功横跨太平洋，抵达美国本土访问。这一具有历史意义的访问，标志着中美两国海军实现了跨越大洋的历史性“握手”。

清晨6时，美国海军“文森斯”号导弹巡洋舰、“伦茨”号导弹护卫舰和“普勒”号导弹护卫舰，与我舰艇编队会合。在陪同我舰艇编队的3艘美舰中，有2艘舰的名字我似曾相识。其中，“伦茨”号导弹护卫舰曾于1986年11月5日，跟随前美国太平洋舰队司令莱昂斯上将访问中国青岛。这次访问是新中国建国以来，美舰首次访华；“文森斯”号导弹巡洋舰的经历曾让世界舆论大哗，它曾于1988年7月3日，因对空防御系统识别判断失误，在海湾海域发射一枚对空导弹，击落一架伊朗客机，造成机上290名乘客全部丧生。

在这3艘美舰的引导下，我舰艇编队于上午9时依次驶入圣迭戈军港，受到美国海军太平洋舰队航空兵司令班尼特海军中将率领的欢迎队伍及当地3000多名华人的热烈欢迎。我们成为舰艇编队中最先踏上美国本土的中国军事记者。

圣迭戈——世界著名的“海军城”

圣迭戈海军基地位于美国西海岸南部的圣迭戈湾内，南距墨西哥只有 16 公里，历史悠久，规模宏大，是世界著名的“海军城”。

据美方提供的资料称，该基地原为西班牙军港，建于 1769 年。1846 年美国出兵占领该港，并将其建成海军基地。到 19 世纪末，美国海军舰艇经常进泊圣迭戈港。当时，太平洋在军事上还属于未开发的海域。进入 20 世纪后，这里开始设立航空站。1914 年爆发第一次世界大战，1915 年巴拿马运河通航。此后，圣迭戈逐渐向“海军城”的方向发展。1921 年，美军在圣迭戈设置了第 11 海军战区司令部。自此，圣迭戈、旧金山和西雅图三地，成为美国本土西海岸的海军要地。

个 1997 年 3 月 21 日，中国海军舰艇编队首次驶入美国加利福尼亚州圣迭戈军港。

圣迭戈海军基地位于圣迭戈湾内，湾内的科罗纳多岛使圣迭戈军港形成一个月牙状的天然内港。它南北长24公里，东西最宽约24公里，水域面积57平方公里。连接科罗纳多岛和圣迭戈市的科罗纳多大桥，像一座飞架的彩虹，将港区分为南湾和北湾两部分。走上大桥，可以俯瞰整个军港。月牙形的港湾内，停满了数不清的大大小小的舰船。除了科罗纳多岛边停泊的“星座”号航母外，还可以依稀看见在对岸的圣迭戈港内停泊着的2艘航母。

整个港区内，出出进进的都是身穿不同军服的美军官兵，车辆穿梭来往，一派繁忙景象。在方圆几十平方公里的港区内，除了各种军用设施和后勤仓库外，还设有商店、快餐厅、邮局、剧场等许多生活服务设施，俨然一座城中之“城”。

太平洋战争时期，圣迭戈成为珍珠港的后方基地，作为战略大后方，完成了提供大量战略物资的任务。开战初期，从大西洋增援太平洋返航的舰船，先在圣迭戈进行备战休整和部队整编，然后开往珍珠港。战争中期，在太平洋进攻作战中担任主力的两栖作战部队在圣迭戈进行训练和备战。刚入伍的海军新兵在圣迭戈的海军训练中心受训后，被输送到实战部队。第二次世界大战开始以后，美国紧急建造了许多舰船，分配到这些舰船上的大部分舰员是新招募的。当时，军方组织这些新海军在圣迭戈进行短期的海上训练，然后将他们分派到第一线去。

日本在太平洋战争中失败的原因之一，就是补给线太长。以瓜达尔卡纳尔战斗为例，当时日美两军的前线基地拉包尔和努美阿尔到各自本土的距离，距日本为2800海里，距美国本土西海岸为6500海里，远于日本一倍以上。当然日本的国力不能与美国同日而语，但是能够维持这样长的补给线的圣迭戈和旧金山等基地的供应能力，对日本来讲是不可想象的。

圣迭戈除担任作战的后方基地任务外，还是许多美国海军军人的第二故乡。这里气候温暖，阳光明媚，生活环境优美。很多海军军人都把圣迭戈看成是退役后最理想的生活地区。在港区附近，可以看到椰树掩映着的一幢幢造型别致的小洋楼，大多是美国军人的住宅和官邸。整洁的道路将生活区分割成块，给人以恬静、舒适的感觉。

现在，美太平洋舰队所属的半数以上的部队在圣迭戈设有司令部，100多艘舰船以此为母港。

圣迭戈基地拥有较为完备的驻泊、训练、补给和维修能力，是仅次于美国东海岸的诺福克海军基地的美国第二大海军基地，也是太平洋舰队的最大基地。港内平常驻泊大型舰船100多艘，舰员3万多人，其中包括约3艘航空母舰。另外，该基地驻有美太平洋舰队水面舰艇部队司令部、航空兵司令部、训练司令部等单位，为太平洋舰队指挥、训练、科研和后勤机构的主要驻地。

圣迭戈海军基地主要由海军站、北岛海军航空兵站、科罗纳多海军两栖基地、海军补给中心、圣迭戈船厂、海军通信站、海军训练中心等机构组成。由此看来，圣迭戈是一座名副其实的“海军城”。

航空母舰——美国海军的“巨无霸”

中国海军舰艇编队访问美国圣迭戈期间，中国军舰就停泊在圣迭戈军港的美国“星座”号航空母舰旁边。“星座”号满载排水量达82583吨的巨大身躯，像一座海上城堡屹立在那里，十分壮观。我们有幸登上了这艘航母参观，一睹它的丰采。

“星座”号上的反潜飞机战术飞行员格瑞·穆宁站在巨大的飞机库里迎接我们，并引导我们参观。他介绍说，“星座”号航母正如它的名字一样，有一段骄傲的历史。它是“小鹰”级常规动力航母的第二艘，由纽约海军造船厂建造。从越南的杨基站到印度洋的阿曼湾，“星座”号已经有30多年的服役历史。

它于1961年10月27日正式服役，并于第二年的7月到达母港加州的圣迭戈。1964年8月开始，“星座”号航母参加了越南战争。在随后的8年时间里，先后七次开赴南中国海参加越南战争。

1975年，“星座”号的飞行甲板和装备进行了现代化改装，并将舷号“CVA-64”改为“CV-64”，舰上部署了S-3A“海王”反潜飞机和F-14“雄猫”

战斗机。1982年，“星座”号返回华盛顿的布雷默造船厂进行为期2年的改装，从而使其能够搭载当时最先进的F/A-18“黄蜂”战斗机。

1987年，“星座”号赴西太平洋，为海湾地区的美国油船护航。

1990年2月到1993年3月间，“星座”号返回美国东海岸的费城造船厂进行大修，几乎船体的所有系统都进行了改进，其服役年限因此延长了15年。“星座”号航母于1993年7月22日返回母港圣迭戈，并第二次绕过南非好望角。

1994年，“星座”号再次赴西太平洋、印度洋和海湾地区执行任务，这是它第17次在海外部署。

在这座浮动的“城市”里，出航时编制有5480多名官兵，靠岸时也保持着3500人，其中有30名女兵，12名女军官。设有大大小小几十个部门，有负责为飞机提供中级水平的维修和支援任务的航空中继维修部；有一个包括甲板上和有关装备工作的地勤人员在内的航空部；还有负责在快速机动的战斗环境下，保持与其他作战单位通信联系的通信部；负责跟踪、测量航母所处方位的航海部，是全舰的中枢神经；作战部控制所有武器系统；安全部负责提供信息、训练和程序，以确保航母的安全；还有一个陆战队部，负责安全保卫、执行礼仪和非战斗后撤等任务。此外，还有甲板部、工程部、行政部、维修部、医疗部、法律部、供应部、训练部、武器部。有趣的是，航母上还设有一个专门为官兵看牙的牙医部和一个牧师部。牧师部共有3名牧师，除了为舰员提供宗教勤务外，他们还负责管理一个很大的图书馆。

美国海军的航母指挥官大多是海军飞行员出身，“星座”号航母的现任舰长是洛克朗·A·迪尔上校。他曾先后在6个战斗机中队服役，并3次赴西太平洋、印度洋地区，4次赴地中海和北海地区执行任务。他在海军战斗机中队的飞行小时数达到4200小时，在航母上的起降次数也达到950次。最初，他在第92和第211战斗机中队服役。这两个战斗机中队均配属“星座”号航母，并到西太平洋地区执行任务。他还曾指挥第84战斗机中队，随“罗斯福”号航母到地中海执勤。后来，他担任“林肯”号航母的作战军官，负责航母的移交、航空联队的组建，并随该航母赴西太平洋和海湾地区部署。

迪尔于1992年毕业于美国国防大学，曾于1994年8月指挥过“卡拉马祖”号军舰，并率舰通过苏伊士运河。该舰曾先后两次赴海湾地区执勤，其中第二次是针对伊拉克入侵科威特的快速反应。迪尔上校从1996年5月开始，担任“星座”号航母的舰长。

“星座”号航母有2个巨大的机库。由于靠岸后，飞机都被送到陆地上去维修保养了，所以我们现在看到的机库像2个空荡荡的大车间。机库顶部密密麻麻挂满了飞机的副油箱。身穿各式工作服装的维修人员正在忙碌着。在机库顶端还有许多类似淋浴喷头的东西。穆宁介绍说，这是机库的消防装置，可在1.5分钟内扑灭火焰。2个机库内可以停放32架飞机，连同飞行甲板在内，全舰共可搭载74架舰载机。

穆宁带着我们穿过密如蜘蛛网的舱室和过道。爬上高高的飞行甲板后，我顿时觉得眼前豁然开朗。长323.6米、宽93.6米的飞行甲板，就像一个巨大的足球场。由于没有停靠飞机，人站在空旷的飞行甲板上，显得格外渺小。

在飞行甲板上，有4个翘起的坡形挡板。穆宁告诉我们，这是飞机起飞处，挡板是阻挡飞机尾喷气的装置。甲板上共有4处起飞装置，可同时起飞4架飞机，全舰平均每30秒钟起飞1架飞机，在10~20分钟内可起降20架飞机。飞机起飞时，靠自身动力可从0加速到50海里/小时的速度，起飞升空。在飞机起飞前，一架直升机先起飞，在空中观察飞机起飞状况；当所有飞机起飞后，立刻将降落甲板清理好，以防飞机升空后出现故障需立即降落。

平时，飞机一般都停放在机库里；需要起飞时，通过4台自动升降机，被提升到甲板上。每台升降机每次可以装载2架飞机，十几秒钟就可以从机库升到飞行甲板上。

飞机降落时，有4条拦阻钢索，并通过连接钢索的液压装置，吸收飞机降落时的巨大冲力。飞机着舰时，要把速度加到最大，一旦拦阻索钩不住机身，就要立刻重新升空，再次降落。

在美国海军中，“星座”号航母是一艘服役时间较长的旧式航母，但经过现代化改装，它仍然称得上是一座令人生畏的海上浮动战斗“堡垒”。当然，一艘航母不仅是一座巨大的海上“堡垒”，还是一座集现代科技于一身的高度现代化的海上“城市”。舰上光是每天伙食的消费就相当惊人，每天早餐、午餐、晚餐和夜餐共4顿，要准备10000多份口粮。舰上的海水淡化器每天需生产1000多公升的淡水。此外，航母还是一座巨大的能源站。据说有一次，美国一座中等海滨城市停电，一艘航母奉命开到城市边上靠岸，为该城市供电。它发出的强大电力除供应全城使用外还绰绰有余，足见航母的能量之大。

在美国海军的十几艘航母中，还有更加现代化的“尼米兹”级核动力新型航母，我们没有机会见识。从“星座”号航母的服役经历可以看出，哪里有战事，哪里有热点，美国的航母就会出现在哪里。航空母舰不仅从武备上是无与匹敌的海上“巨无霸”，更是美国借以炫耀其武力的“杀手锏”。

美军中的华人兵

中国海军舰艇编队在访美期间，受到了当地华人的热烈欢迎。在我所接触过的来自各地各界的华人中，有这样一些与众不同的华人，他们身穿美军军服，操着流利的汉语，穿梭于中美两国官兵之间，成为两国官兵沟通和交流的“桥梁”。这些和我们一样有着黑头发、黄皮肤的美国军人，就是美军中的华人官兵。

来自北京的郭晓明，原是北京中央芭蕾舞团的打击乐手。他1986年到美国自费留学，继续学习打击乐，两年以后，获得音乐硕士学位。随后，他改学计算机专业，获得计算机硕士学位。毕业后，郭晓明进入圣迭戈美国国际大学电脑中心工作，晚上下班后又在学校选修企业管理，这是他攻读的第三个硕士学位。10个月以前，他成为了一名美国海军的后备役军人，在圣迭戈美国太平洋舰队北岛海军航空兵站工兵营服役，负责管理装备和器材。郭晓明是全营300多名官兵中唯一的华人。在工兵营中，还有另外15名来自越南、菲律宾、日本等国的亚裔。

像郭晓明这样的华人，只要获得美国绿卡，本人自愿，身体合格，都可以与军方签订合同，加入美国军队。服正规兵役，必须签订至少2年的服役合同，后备役至少6年。郭晓明加入的是后备役。当兵10个月，他晋升为三等兵。他每月必须参加两天的军事训练和部队工作。在这期间，军方将发给

↑ 华人华侨在圣迭戈军港码头载歌载舞，欢迎祖国亲人的到来。

↓ 1997 年 3 月 21 日，美国海军在圣迭戈军港举行隆重欢迎仪式。

个 郭晓明原是北京中央芭蕾舞团的打击乐手，移民后成为一名美国海军的后备役军人。

他每天 95 美元的补助。后备役军人每年还要参加 2 周的集训，可以根据军方提供的海内外集训地点和所需专业，自由选择集训地点，比如，西班牙、德国、澳大利亚、韩国、波多黎各等国家和地区的集训地。在 2 周的集训里，根据郭晓明的军衔，军方将发给他 480 美元的补助。因为郭晓明当兵不满一年，所以，他只去过美国本土的路易斯安那州训练。不过，今年他就可以选择到海外集训了。

不仅在后备役部队里，在正规部队中也不乏华人的身影。充当临时翻译的华人小伙子丘呈夫，14 岁时从中国大陆移民美国，18 岁高中毕业时参加美国海军，在圣迭戈北岛海军航空兵站基地服务。丘呈夫今年 22 岁，长着一张娃娃脸，他感慨地说："在美国海军基地服役 4 年，从未上过军舰，想不到今天第一次上军舰，就登上了来自祖国的军舰。"

在投身美军的华人中，巾帼同样不让须眉。来自广东的移民李宇萘，看她瘦瘦小小的身材，很难相信她已经是有 2 年军龄的老兵了。她的军衔是列兵三级，在圣迭戈美国海军第三直升机中队担任直升机降落的导航兵。全中队300人中，有2名女兵，而她是唯一的华人。

华人不仅进入了美国正规部队，还进入了作为美国武装力量核心的作战部队，甚至包括在美国引以自豪的“王中王”航空母舰上，也有华人水兵在服役。我们碰巧遇见了3年前从上海移民美国的董政，他拿到绿卡后加入了美国海军，在美国海军第三舰队的“星座”号航母上担任电工。不久，他将跟随“星座”号航母远航加拿大、澳大利亚和日本。他不无遗憾地告诉我们：“听说‘星座’号航母上还有一位华人水兵，不过，由于他刚来，我还没机会认识他。”也难怪，“星座”号上有5000多名官兵，每个人都在特定的战位和区域从事特定的工作，要想认识全舰所有人几乎是不可能的。有的人从服役到退役，甚至连舰上的许多舱室和战位也没去过。

华人在美军中的待遇，一般说来和其他族裔的人基本相同。正规部队服役满6年后，可以终身享受老兵待遇；购买房子和汽车可以享受低息贷款，而且不用支付高达10%~20%的首期预付款；可以到老兵医院就医，免费使用军营的住房，免费在军营就餐。如果老兵退役后想上大学，依军衔和军龄不同可享受从几百至上千美元不等的上学补助，补助的最高金额相当于大学学费的一半。

不过，华人在美军中也并非完全享受平等待遇。比如，一些尖端技术和关键岗位，美军是绝对不允许华人涉足的。像郭晓明学习的是电脑软件专业，但美军却不允许他从事与电脑相关的工作，只能从事类似于仓库器材保管员的后勤工作。尽管如此，在美军中的华人，仍然以中华民族所特有的吃苦耐劳、任劳任怨、勤勤恳恳的优良传统和优异的工作成绩赢得了普遍的赞誉，成为美军中最受欢迎的“少数民族”之一，也在海外华人的奋斗史上写下了不可磨灭的一页。

06

踏访欧洲

德国当地时间 2001 年 9 月 25 日上午 9 时 30 分，由海军东海舰队参谋长吴福春少将率领的中国海军舰艇编队，经过 33 天的昼夜兼程，在大洋上航行了 11270 多海里后，顺利抵达出访欧洲四国的第 1 站——德国北部城市威廉港，进行为期 3 天的友好访问。

2001 年 10 月 4 日，中国海军舰艇编队在顺利结束对英国朴茨茅斯港的首次友好访问后，再次跨越英吉利海峡，前往法国进行为期 4 天的友好访问。

2007 年 8 月 27 日，应俄罗斯海军的邀请和中俄两国“国家年”的安排，由中国海军“广州”号导弹驱逐舰（舷号 168）和“微山湖”号综合补给舰（舷号 887）组成的出访舰艇编队，经过 34 天、11232 海里的连续航行，首次抵达出访欧洲四国的第 1 站——俄罗斯圣彼得堡，进行为期 4 天的友好访问，并参加在圣彼得堡市举办的“中国年”活动。

踏访德国威廉港

德国当地时间2001年9月25日上午9时30分，由海军东海舰队参谋长吴福春少将率领的中国海军舰艇编队，经过33天的昼夜兼程，在大洋上航行了11270多海里后，顺利抵达出访欧洲四国的第1站——德国北部城市威廉港，进行为期3天的友好访问。至此，中国海军终于叩开了神奇而古老的欧洲大门，遥远的欧洲大陆就在眼前。

25日清晨6时，我被急促的“起锚部署”惊醒，“深圳”舰和“丰仓”舰在德国著名的易北河入海口缓缓航行。这时，天上下起了蒙蒙细雨，远处的威廉港依稀可见。我们在德国海军“卡尔斯鲁厄”号护卫舰的引导下，悄然驶入威廉港。站在“深圳”舰的最高处，威廉港尽收眼底，我手中的2台佳能相机在不停地工作着。

威廉港初探

威廉港是德国海军最大的港口和最主要的海军基地，有“海军城”之称。港内驻有驱逐舰分舰队司令部和海军兵工厂，所有护卫舰均由这里的海军兵工厂建造、维修和保养。雨后的威廉港，整洁干净，草木葱茏。

“深圳”舰和“丰仓”舰齐头并进，乘风破浪驶向欧洲。

威廉港有着悠久而坎坷的历史。1853 年，普鲁士国王威廉一世从奥尔登堡公国买下了这片土地，用 16 年时间，建起了一座大军港。1869 年，人们用国王的名字将其命名为威廉港，一个年轻的港口城市就这样诞生了。今天，该市拥有 9.1 万人口。在第二次世界大战中，威廉港饱受战火的摧残，但战后恢复较快，其经济结构也由以军港为中心的单一经济朝多元化发展。今天，它以油港、海军基地、工业城市和海滨休养地闻名于世。

"深圳"舰和"丰仓"舰满挂彩旗，以前后位置停靠在威廉港内。站在"深圳"舰上，整个港区一览无余。其前方是德国陪同舰"卡尔斯鲁厄"号护卫舰，再往前是一艘德国海军的主力战舰——导弹驱逐舰。远处的码头上依次停靠着几艘新型护卫舰，标准排水量约为 4000 吨。

据德方提供的资料介绍，威廉港平时对公众开放。开放期间，公众能够自由进入港内参观。这使我想起 1997 年随中国军舰首访美洲时，美国海军的军港在节假日也是对公众开放的，因为公民作为纳税人，享有这种权利。我想，道理可能是一样的。

↓ 2001 年 9 月 25 日，中国海军舰艇编队首次访问德国威廉港。

漫步在基地营区里，我发现区内功能设施齐全，军人购物中心、医院、餐厅、健身房、邮局、军人活动中心等生活服务设施一应俱全，标有德国国旗的绿色军用车辆在港内穿梭。笔直的港区大道，宽敞的停车场，为在这里工作的人提供了方便。

威廉市因威廉港而得名。漫步在威廉市给人一种超凡脱俗的感觉：清新的空气、典型的欧式建筑、古老的教堂、洁净的街道、漂亮的轿车、满眼的绿色和彬彬有礼的市民。人们在这里的生活悠闲自得，犹如世外桃源。

威廉港市区内多为上了年纪的老人和儿童，年轻人都到距离这里不远的奥尔登堡和不来梅市工作了，威廉成了人们生活和度假的地方。

中国军舰的到来，给这座古老而安静的小城带来了一股“中国海军热”，大街上时常可见前来游览购物的中国水兵。市中心有一座大型超市，商品丰富，应有尽有，是中国水兵常去的购物之地。离开北京时有朋友告诉我，德国的巧克力非常出名。于是，我在这里选购了大量的巧克力和葡萄酒，准备带回北京，请朋友们一饱口福。当然，我也没有忘记我的本行，在繁忙的访问中仍然拍到了不少我所喜欢的照片。

→ 矗立在威廉市中心的威廉国王塑像。

难忘的中德海军士官啤酒招待会

按照访德日程计划，德国海军威廉港士官团将在士官餐厅举行啤酒招待会，欢迎来自远方的中国海军。我作为唯一的现场记者，参加了这个别开生面的啤酒招待会。

9 月 26 日晚 7 时，我与 100 名中国海军士官分乘 2 辆德国海军大巴士，在夜色中驶入威廉港士官团。在德国海军联络官的带领下，我们来到士官团俱乐部的二楼大厅。

士官俱乐部布置得整洁典雅，墙壁上挂满了上百枚世界各国军舰来访时赠送的舰徽，表明德国海军十分注意加强同各国海军的交往。3 艘陈列在大厅里的古代舰船，墙壁上那一面面带有硝烟弹孔的海军旗，仿佛在向人们叙说着 20 世纪德国海军辉煌的海战史。大厅的一侧，摆着几张大圆桌，每张圆桌上都摆放着几种小吃和花朵。3 名德国水兵在大厅一侧的吧台里紧张地忙碌着，

↓ 当招待酒会结束时，大家依依不舍地手挽着手，唱起了德国著名歌曲《朋友》。

大杯大杯地为参加啤酒招待会的中德海军士官斟酒。

在大厅的中央，摆着一个小圆桌，桌子上放着一个非常精致的小铃铛。俱乐部的士官总长敲响了铃铛，宣布招待会开始，并发表了热情洋溢的欢迎辞，随队的翻译官厉以军在旁边担任着这次招待会的翻译。讲话结束后，中德两国海军的士官们互赠了纪念品。

酒会开始了，虽然大家语言不同，交流不便，但是，同为“海军士官”，双方似乎都有说不完的话，这下可忙坏了担任翻译的厉以军。上百人的招待会上只有一名翻译显然是不够的，于是，凡是会一点英语的人都主动地与德国士官交谈，连说带比划，十分热烈和有趣。

今天，参加酒会的德国士官有一部分是已经退休的士官长，大都在军队服役了 30 年以上。德国海军规定，在 53 岁前必须退休，因此，他们每个人都为自己是一名军人而感到骄傲和自豪。这些年过半百的老士官们非常开朗乐观，白白的头发，满脸的大胡子，和蔼可亲的脸庞，让人倍感亲切。不一会，几乎在场的德国人都学会了一句汉语：“干杯！”德国啤酒享誉世界，在这次招待会上，中国水兵开怀畅饮。

突然，大厅一角传来一阵响过一阵的笑声。寻声望去，原来是几名中国士官在和一位大胡子德国士官玩游戏，气氛非常活跃，不一会就吸引了不少围观的人。每当这位大胡子表演成功后，他都会像孩子一样吹着响亮的口哨，手舞足蹈。而几名中国士官毫不示弱，争着要与这位大胡子一比高低。见此情景，我急忙赶过去，及时抓拍了这个场景。

一位长满白色络腮胡子的德国士官长坐在我的身旁，通过翻译告诉我，他曾在 1995 年随舰访问过上海，当时他在军舰上担任军医。他说上海是个国际性的大都市，繁华热闹，商店里的东西应有尽有，他还采购了许多具有中国特色的小商品带回德国，送给家人和朋友，中国之行给他留下了深刻的印象。我对他说，那次德舰访华时我专程到上海，并登上过德舰采访参观。他听了以后非常高兴，就像见到了老熟人一样，紧紧地拥抱了我，然后举起满满的大啤酒杯，用刚刚学会的汉语说：“为了友谊，干杯！”

原定晚上 10 时整结束的招待会一直持续到了 10 时 40 分。当士官总长再次敲响铃铛宣布酒会结束时，大家依依不舍地手挽着手，唱起了德国著名歌曲《朋友》。中德两国海军士官随着乐曲的节奏摇动着身体，歌声响彻威廉港的夜空。分别时，不少上年纪的德国士官长紧紧地拥抱着年轻的中国士官，把长满胡子的脸贴在中国军人的脸上，眼睛里流出了真诚的泪水，难舍难分。我被这激动人心的场面深深地打动了，眼前一片模糊，泪水止不住地流了下来。

联络官苏珊的中国情结

为了方便中国海军在德国访问，德国海军专门抽调了几名会说汉语的人员担任联络官，女联络官苏珊便是其中之一。苏珊，金发碧眼，中等身材，身穿一身合体的藏蓝色德国海军文职服装，说着一口带有四川口音的汉语，待人热情，办事特别认真。在 3 天的访问中，苏珊是联络官中最忙碌的人，不论是中德海军军乐队联合演出，还是出访官兵外出观光购物，总是能见到她的身影。由于没有语言障碍，大家很快就跟她熟悉了起来。

9 月 27 日，96 名中国海军官兵乘车去奥尔登堡和不来梅两个德国北部城市游览，由苏珊带队，并且正好与我同车。于是，我在奔驰的长途车上，对苏珊进行了采访。

苏珊现在仍是一名大学生，家在德国东部，就读于法兰克福的一所大学，学习国际贸易专业，还有一年就毕业了。当我问她在哪里学习的汉语时，她的蓝眼睛里闪着亮光，打开了话匣子。

→ 女联络官苏珊待人热情，办事认真，是联络官中最忙碌的人。

原来，苏珊于1997年至1999年间在云南昆明理工大学留学，主要学习中文及汉语的发音、书写、听力和语法等。我说，学习汉语还是在北京好，发音会标准些。苏珊解释说："选择在昆明读书的原因有两个，一是学费比北京便宜，一年学费只有800美元；二是昆明的外国留学生可以勤工俭学。课余时间我为一家服装公司做过时装模特，1999年我还参加了昆明世界博览会，被法国馆聘请为工作人员，帮助介绍法国情况。我在那里工作了6个月，世博园真是美极了！"

在交谈中，我听出了苏珊对中国有着很深的情感。她说，在昆明学习的日子是美好的，她利用早晨的时间，学习了中国功夫——陈氏太极拳，在饮食上她更喜欢吃重庆的麻辣火锅。苏珊还对中国的历史产生了浓厚的兴趣，去过云南的大理、中甸、丽江、迪庆等地游览，寻找过香格里拉仙境，几乎走遍了云南。苏珊还去过北京3次，登上过万里长城，参观过故宫、天坛、颐和园等许多古迹，被博大精深的中华文明所吸引。她说，有机会还要到中国去，学习和了解更多的中国历史。

我们的大巴车队以100公里的时速，行驶在德国北部的高速公路上。公路两边的田野风光不时从窗边掠过：风车、奶牛、农舍、绿地，好一派异域秀丽画卷。苏珊在座位上聚精会神地翻阅着《精选汉德、德汉词典》。她说："这本书是在昆明买的，24元人民币，只有5马克，要在德国买需要40马克。中国的书很便宜，家里还有一大堆。"这时，苏珊的手机响了。苏珊说："是我的男朋友从北京发来的E-mail，他现在在德国西门子北京分公司实习，询问我的中国朋友怎么样。"她还风趣地说："我有530名中国男朋友，他在北京不放心。"一句话把全车的人都逗笑了。

踏访法国“天涯海角”：勒孔凯

美丽的法国西海岸沿海风光。

2001 年 10 月 4 日，中国海军舰艇编队在顺利结束对英国朴茨茅斯港的首次友好访问后，再次跨越英吉利海峡，前往法国进行为期 4 天的友好访问。

在法国海军“芽月”号导弹护卫舰的引导下，中国海军舰艇编队徐徐驶抵法国布雷斯特港。我随舰前往法国，对法国海军和布雷斯特及其附近城市进行了实地走访。

法国最西部的海军基地

中国军舰抵达时，法国海军海上作战舰队司令迪里厄准将，中国驻法国使馆吴建民大使、何世德武官及使馆工作人员，新华社巴黎总分社及旅居法国的华人华侨等在码头迎接。在欢迎人群中，写着“热烈欢迎中国人民解放军海军访问法国”的大幅红色标语赫然醒目，华人华侨挥舞着五星红旗，激动地向来自祖国的军舰欢呼致意。

个 法国海军仪仗队在布雷斯特港欢迎中国海军的到来。

布雷斯特是法国西部城市，位于布列塔尼半岛西端、布雷斯特湾的北岸，濒临大西洋，人口 18.7 万。港内开阔水深，周围有天然屏障，又位于大西洋的航道上，17 世纪起被扩建为优良军港，是法国西部最大的海军基地和重要的商港。这里有兵工厂及海军学校，以建造大型战舰著称，为法国建造了许多舰艇和潜艇，法国第一艘核动力航空母舰“戴高乐”号，就是在这里建造的。

17 世纪路易统治时代，布雷斯特是法国首要海军基地。1830 年在此建立海军学校。第一次世界大战期间，美军在此登陆。1940 年第二次世界大战期间被德军占领，并在此建立舰艇修理基地和潜艇基地。1944 年盟军解放时，遭到严重破坏，3/4 的城区被夷为平地，战后得以重建。由于当地居民战争期间表现英勇，布雷斯特市曾获得抵抗运动军功勋章。

坐落于布雷斯特的法国海军博物馆，是一座古堡式建筑，通过油画、雕塑和实物，记录了法国海军的发展历史。这座保存完好的古建筑全部由砖石结构组成，已有 200 多年的历史。走进这座海军博物馆，就像走进了布雷斯特的历史，听到了隆隆的海战的炮声，仿佛看到了惊心动魄的海战场景。

位于布雷斯特的法国海军博物馆，已有 200 多年的历史。

↑ 参观海军博物馆的法国姑娘。

↗ 法国海军博物馆里陈列的实物展品。

穿行在法国西海岸

访法期间，出于职业习惯，我提议到有特色的地方去看看，增长些见识。于是，我将佳能 EOS–1N 和佳能 EOS–D30 数码相机，17mm–35mm/2.8、35mm–350mm/f3.5–5.6 镜头装在摄影包里，由新华社驻巴黎总分社摄影记者李根兴提议并当向导，驱车来到享有法国“天涯海角”之称的勒孔凯游览观光。

李根兴是一名优秀的摄影记者，10 年间曾两次派驻巴黎，说一口流利的法语。他有敏锐的新闻嗅觉和深厚的拍摄功底，每年都向国内发回大量新闻照片。

我们驾车奔驰在法国西部的沿海大道上，窗外是世界著名的比斯开湾，蓝天碧海，一望无垠。我打开车窗，一股清新的海风迎面吹来，使我精神振奋。窗外不时掠过一片片绿地和一座座农舍，令人心旷神怡。

我们被这美丽的景色迷住了，不时停下车来拍照。白色的游艇、帆船停泊在港湾里，岸边的别墅错落有致，清澈的海水打在岸上激起白色的浪花。

在面向大海的一块空地上，矗立着一座纪念碑，纪念碑的下面摆放着两尊古船上的舰炮。据说这是为纪念发生在 1512 年的“布雷斯特”海战而建立的。

1512 年的神圣联盟战争期间，英国霍华德勋爵率领一支 45 艘战船组成的英国舰队，与泰努埃内尔率领的一支 39 艘战船组成的法国舰队，于 1512 年 8

→ 法国西海岸比斯开湾的水兵纪念碑。

月 10 日在法国西部近海爆发一次海战。双方激战中，法国战船被赶进布雷斯特港或被迫驶靠附近沿岸，损失惨重。

“世界最尽头的地方”

不到 1 个小时，我们就来到了勒孔凯镇。小镇人不多，安静极了，身边偶尔有游人行走，不时也有来这里游览的人驾车经过。

我抬头望去，发现一座古老的教堂矗立在眼前，高高的塔尖在飞云的衬托下直指苍天。一位当地人告诉我们，这座罗马式教堂已经有 1200 年的历史了。于是，我举起相机按下了快门：画面里的教堂成为黑色的剪影，变化的云彩在屋顶飞过，从而更增加了画面的历史厚重感。

一家旅游商店里，摆有一些宣传册子供人们阅读。据册子介绍，勒孔凯镇隶属于法国莫尔比昂省，位于法国的最西部，有居民 2000 多人。多年来，当地居民主要以捕鱼、旅游和放牧为生，过着与世无争的生活。在这家商店的对面，有一间装点得非常古老典雅的酒吧，酒吧的石头墙壁上挂满了各种各样的饰物。酒吧的主人说，这间酒吧已有 1500 年的历史，如今已经传了几十代人了。

“勒孔凯”在当地的布列塔尼亚语中，意为“世界最尽头的地方”。这个镇的“圣·马迪海角”位于北纬 48° 2’、西经 5° 的位置，为法国最西部的海角，濒临大西洋的英吉利海峡和比斯开湾，因地理位置险要而闻名于世。

这里还有建于 11 世纪的教堂，教堂具有罗马和哥特式的建筑风格，吸引着世界各地的游客前来观光。从小镇驱车不远，就来到了“圣·马迪海角”。于是，我用手中的相机，“访问”了这个被我们称为法国的“天涯海角”的地方。

站在“圣·马迪海角”，相当于站在了法国的最边缘。从比斯开湾吹来的强劲海风，把海浪激起的浪花打上十几米高的岸边。白色的灯塔、古老的教堂和高大十字架，将历史和现实同时展现在我的面前。在湛蓝的天空的映衬下，它们格外壮观。

↓ 这间酒吧已有 1500 年的历史，如今已经传了几十代人了。

在不远处的悬崖边，有一座用深色花岗岩砌成的水兵纪念碑，用来纪念在法国历史上所有海战中牺牲的水兵。纪念碑的顶端是一位戴着头巾的母亲的头像，就像是在照看着长眠于此的孩子们。纪念碑的周围还有当年海战时水兵们使用过的岸炮，已经锈迹斑斑。我用手抚摸着冰凉的古炮，仿佛看到了那场硝烟弥漫的大海战，水兵们在隆隆的炮声中奋不顾身地装填炮弹，与从海上来犯的海盗作战的情景，他们用自己的年轻生命保卫着家园。接下来，我把这些都浓缩在了佳能 EOS-D30 数码相机的 CF 卡上。

我们驱车继续沿着海边向前走，还没走出多远，景色就大不相同了。这是一处避风海湾，众多的私人游艇点缀其间，海岸边的山坡上，布满了一幢幢别墅和一排排白色的房车，充满生机。原来，今天是星期天，城里的人们在这里度假休息。

站在法国的“天涯海角”，使我想起了中国的“天尽头”——山东成山头和“天涯海角”——海南三亚。海内存知己，天涯若比邻。占地球 7/10 的海洋如同纽带，把全世界人民紧密相连，所以说，“天涯”并不遥远。

这次法国“天涯海角”之行，我共拍了 8 只 120 反转片和几百张数码照片，并把这些定格在胶片上的美好瞬间带回了中国，作为我的永久纪念。

踏访历史名城：圣彼得堡

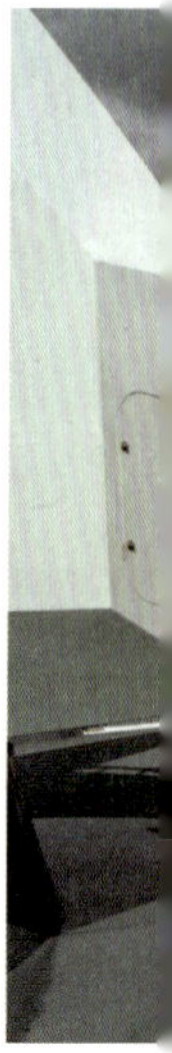

2007年8月27日，应俄罗斯海军的邀请和中俄两国“国家年”的安排，由中国海军“广州”号导弹驱逐舰（舷号168）和“微山湖”号综合补给舰（舷号887）组成的出访舰艇编队，经过34天、11232海里的连续航行，首次抵达出访欧洲四国的第1站——俄罗斯圣彼得堡，进行为期4天的友好访问，并参加在圣彼得堡市举办的“中国年”活动。

隆重的码头欢迎仪式

27日清晨，俄罗斯海军“斯莫尔尼”号训练舰前来海上迎接，中国军舰首先鸣放21响国家礼炮，“斯莫尔尼”号训练舰鸣放21响国家礼炮进行答礼。随后，在“斯莫尔尼”号训练舰的引导下，中国军舰徐徐驶入圣彼得堡。

10时整，在雄壮的军乐声中，中国军舰顺利停靠在位于圣彼得堡市中心涅瓦河畔的施米特中尉海军码头，受到俄罗斯波罗的海舰队海军基地司令利宾斯基少将、中国驻圣彼得堡领事馆田二龙总领事、中国驻俄罗斯三军武官朱达少将以及使领馆工作人员、中资机构、华人华侨和中国留学生代表、俄罗斯列宁格勒海军基地官兵和当地民众数百人的欢迎。

俄罗斯列宁格勒海军基地在码头举行了热烈而隆重的欢迎仪式，利宾斯基少将主持了欢迎仪式。在欢迎仪式上，中俄两国海军军乐队高奏中俄两国国歌，利宾斯基少将、田二龙总领事和编队指挥员分别致词。随后，我使领馆工作人员、中资机构、华人华侨和留学生代表200多人登上“广州”舰参观。下午，编队指挥员在“广州”舰上接受了20多家媒体的采访。

↖ 俄罗斯波罗的海舰队海军基地司令利宾斯基少将登上“广州”舰参观。

↑ 美丽的俄罗斯姑娘与中国海军军乐团的帅哥们合影留念。

欢迎仪式结束后，编队指挥员先后拜会了圣彼得堡市副市长吉洪诺夫、列宁格勒海军基地司令利宾斯基少将和圣彼得堡海军学院院长叶廖明少将。当晚，圣彼得堡海军学院院长叶廖明少将举行晚宴，欢迎远道而来的中国海军。

为获得出海口而建的城市

俄罗斯第二大城市圣彼得堡（Saint Petersburg）是俄罗斯联邦列宁格勒州的行政中心，位于波罗的海芬兰湾东岸、涅瓦河口，由涅瓦河三角洲上的近百个岛屿及河漫滩组成，包括卫星城和郊区共占地1350平方公里，有人口500万。

圣彼得堡曾作为俄国沙皇首都达2个世纪之久。1703年，彼得大帝在波罗的海之滨从瑞典人手中夺得的领土上建立了一个全新的城市，将它命名为圣彼得堡。圣彼得堡，是一个带有鲜明的日耳曼语系特征的名字，俄国以此显示其向西方敞开大门的决心。从此以后，俄国终于获得了一个连接西方的出海口，一个面向西方的窗户。

1712 年，俄国首都从莫斯科迁至圣彼得堡，一直持续到 1918 年 3 月。在这 200 余年的时间里，圣彼得堡一直是俄国的首都。第一次世界大战爆发后，俄国在 1914 年去掉了首都名称中的日耳曼语系色彩，将其更名为彼得格勒（Petergrad）。1924 年 1 月列宁逝世后，又将其改称为列宁格勒（Leningrad）。1991 年 12 月，苏联解体后，列宁格勒恢复了它的历史名称——圣彼得堡。

俄国革命的摇篮

圣彼得堡是俄国革命的摇篮。1825 年，十二月党人发起的要求废除沙皇、解放农奴的武装起义，1905 年至 1907 年第一次俄国革命，1917 年资产阶级民主革命（二月革命）以及伟大的十月社会主义革命（十月革命），都发生在这里。在伟大的卫国战争期间，列宁格勒经受住了德国法西斯军队近 900 天的围困。1965 年，它荣获了苏联最高苏维埃授予的“英雄城”称号。

圣彼得堡地势较低，海拔仅 1.2~2 米，属受海洋影响的温和的大陆性气候。冬季寒冷，1 月平均气温为 -8℃，积雪期持续 132 天，结冰期从 11 月中旬至来年 4 月中、下旬；夏季温和，7 月平均气温 17.7℃；年降水量 585 毫米。市内水道纵横，仅涅瓦河的分支就达 50 条之多；桥梁遍布，700 多座桥将各个岛屿连接起来；风光旖旎，有“北方威尼斯”之称。在圣彼得堡众多的桥梁中，有 21 座桥梁在凌晨 2~5 点之间打开，让轮船通过。每到夏季夜晚，河边总会聚集许多游客前来观看吊桥开启的情景。

圣彼得堡地处北纬 60°，仲夏时节，日照近 20 个小时。落日余晖久久映照天际，在短暂的黄昏之后，又开始出现晨曦朝霞，刚落下的红日再次冉冉升起。这就是每年初夏 6、7 月间的“白夜”奇观。

圣彼得堡市在芬兰湾东端（包括科特林岛）形成一个巨大的马蹄形城镇群：北岸是居民区、疗养区和旅游区，南岸是文化和商业中心，东面溯涅瓦河伸展到伊万诺夫斯科耶。市区被涅瓦河支流分成 4 个部分，涅瓦河左岸（南岸）是“海军区”，大、小涅瓦河之间是瓦西里耶夫斯基岛区，小涅瓦河与大涅瓦河之间属彼得格勒区，大涅瓦河以东是维堡区。

圣彼得堡还是俄罗斯的重要海港，主要港口位于城市西南部，河流两岸建有花岗石的堤岸，港区筑有防护堤，人工水道与科特林岛上的喀琅施塔得军港相连。港区主要进口金属管道、工业装备、化工品、食糖、棉花和水果；出口机器、木材、煤炭、钾盐和黄铁矿。客运主要集中在夏季（经波罗的海至英国）。小型海轮可沿涅瓦河到达拉多加湖，并在此与俄罗斯欧洲地区内陆水系相联，经拉多加湖、斯维尔河、奥涅加湖及白海运河，轮船可进入白海，与俄罗斯北冰洋沿岸的北海航线相联，经奥涅加湖、伏尔加－波罗的海水路，轮船可抵达伏尔加河流域、里海、黑海和亚速海。

城市交通发达，有 10 条铁路干线呈放射状通向芬兰赫尔辛基、波兰华沙、俄罗斯莫斯科及其他大城市。

历史文化名城

圣彼得堡是一座历史文化名城。这里有彼得大帝时代建起的科学院，有 40 多所高等院校和 400 多个科研机构。其中，著名的有 1724 年成立的国立圣彼得堡大学、国立圣彼得堡技术大学、北极和南极研究所以及永冻土研究所。此外，市内还建有 50 多所博物馆，被誉为博物馆城。

↓ 新华社驻莫斯科摄影记者沈伯韩，用标准的手势在圣彼得堡街头打车。

↘ 圣彼得堡冬宫广场上的一位俄罗斯母亲和她的两个女儿。

圣彼得堡涅瓦河北岸的彼得要塞，有着 300 多年的历史。

著名的俄罗斯博物馆创建于1895年。城内的俄罗斯古建筑群享有盛名，属于18世纪早期的主要建筑群有：彼得保罗要塞及彼得保罗大教堂（彼得大帝的葬地）、海军部岛上彼得大帝的夏花园及园中的夏宫等。

这些建筑群具有俄国早期巴罗克式建筑的特征：古朴、雄伟、稳重。18世纪后期的建筑有：斯莫尔尼宫、冬宫、塔弗列奇宫、阿尼奇科夫宫（十月革命后改名为少先队宫）。19世纪初的主要建筑有：宏伟的喀山大教堂、高达101米的伊萨克基辅大教堂等。许多俄国著名诗人和作家，如普希金、莱蒙托夫、高尔基等人，都曾在此生活和从事创作。

圣彼得堡是俄罗斯仅次于莫斯科的政治、经济、文化中心，也是俄西北地区的中心城市，又称“北方首都”。它拥有4000多个工业企业，其产值占俄罗斯工业总产值的6%，工业品畅销全国。工业以舰船、动力机械等制造业为主，造船业规模在独联体居首位，能生产大型原子能破冰船，还有各种车辆、电机和兵器等。其次为化学工业，生产过磷酸钙（以科拉半岛的磷灰石为原料）、轮船和其他合成橡胶产品、塑料及其制品以及合成纤维等。此外，其纺织、食品和日用消费品工业也很发达，有棉、麻纺织品、服装及靴鞋业等。工业所需电力来自附近的泥炭发电站以及沃尔霍夫河、斯维尔河、武奥克萨河上的水电站。

1988年，圣彼得堡与中国上海市结为友好城市。

07

“登陆”仁川

2002 年 5 月 6 日，停泊在上海吴淞军港的人民海军“嘉兴”号、“连云港”号导弹护卫舰举行盛装大典，挂上了满旗。海军条令规定，海军夏常服为上白下蓝。但今天，438 名出访全体官兵首次身穿全白制服，脚穿白色皮鞋，这是我人民海军同国际接轨的一个重要形象标志。

除海上作战平台外，在和平年代，军舰还有一个重要的功能，就是传播友谊的使者。今天，以中华人民共和国礼宾的名义，“嘉兴”号和“连云港”号从上海吴淞军港起航，跨越黄海，首次出访韩国。我以随舰记者的身份，亲历了这次访问的全过程。

“登陆”仁川

2002年5月6日，停泊在上海吴淞军港的人民海军“嘉兴”号、“连云港”号导弹护卫舰举行盛装大典，挂上了满旗。海军条令规定，海军夏常服为上白下蓝。但今天，438名出访全体官兵首次身穿全白制服，脚穿白色皮鞋，这是我人民海军同国际接轨的一个重要形象标志。

除海上作战平台外，在和平年代，军舰还有一个重要的功能，就是传播友谊的使者。今天，以中华人民共和国礼宾的名义，“嘉兴”号和“连云港”号从上海吴淞军港起航，跨越黄海，首次出访韩国。我以随舰记者的身份，亲历了这次访问的全过程。

驶抵仁川港

今年是中韩建交10周年。经中央军委批准，应大韩民国海军的邀请，由“嘉兴”号导弹护卫舰和“连云港”号导弹护卫舰组成的中国海军舰艇编队，在编队指挥员、中国海军副参谋长周伯荣少将的率领下，于2002年5月8日至11日，对韩国进行了为期4天的首次友好访问。

韩国当地时间5月8日上午9时，韩国仁川港阳光明媚，万里无云。中国海军舰艇编队在韩国海军“汉城”号导弹护卫舰的引导下，徐徐驶入韩国海军仁川港。

2002 年 5 月，中国海军舰艇编队穿越黄海，首次出访韩国。

韩国仁川海军基地位于韩国西北部沿海仁川港内，是韩国大型海军基地，驻有驱逐舰、护卫舰、扫雷舰和补给舰等。

在韩国访问的几天中，通过参加中韩两国海军高层互访、亲临“乙支文德”号导弹驱逐舰和“汉城”号护卫舰参观以及对韩国海军官兵的采访，我对今日韩国海军有了初步的认识。

经过近 20 年的发展，韩国海军已初步建成为一支颇具实力的海上力量。

目前，韩国海军拥有总兵力 5.7 万人，其中舰艇部队 3.3 万人，海军陆战队 2.4 万人，拥有各类舰艇 220 艘，海军飞机 100 架。其中，驱逐舰 8 艘、护卫舰 27 艘、导弹艇 5 艘、两栖舰艇 33 艘、潜艇 9 艘、沿海巡逻艇 85 艘、水雷战舰艇 17 艘。以上舰艇编成 3 个舰队、2 个战斗团、1 个陆战旅、1 个陆战师和 1 个岛屿防御部队。

3个舰队分别为东海舰队、西海舰队和南海舰队，各驻扎在东海海军基地、仁川海军基地和釜山海军基地。海军作战司令部及其直属的第五混编团驻守在韩国最大的海军基地——镇海海军基地，主要担负南部海域的作战和警备任务。韩国海军最高指挥机关设在汉城的海军司令部，海军参谋长为最高指挥官，负责海军的日常行政管理和作战指挥。

零距离接触韩国军舰

5月9日上午，我们乘坐韩方提供的中巴车，经过1个多小时的路程，驶入景色如画的仁川平泽海军基地。

↙ 2002年5月8日，中国海军舰艇编队首次驶入韩国仁川港。

↘ 2002年5月8日，中国海军舰艇依次停靠韩国仁川军港。

↑ 中国海军编队指挥员周伯荣少将（左一）同韩国海军高层指挥官进行友好交流。

这里真可称得上是韩国海军的大型现代化军港：港内码头、船坞、修理和军官水兵宿舍、俱乐部、餐厅、运动场、教堂等各种设施齐全，也是第 2 舰队机关所在地。宽敞的大道上站立着几名海军宪兵引导哨。他们头戴钢盔全副武装，指挥动作标准、整齐美观，颇有观赏性。大道两旁是绿色的草坪，一幢幢整洁的楼房不时在窗外闪过。车上的一名军官介绍说，军港的大型码头和生活区都是经过填海造地建成的。

“乙支文德”号导弹驱逐舰停泊在仁川平泽海军基地内，是目前韩国海军最新型的导弹驱逐舰。当我们随中国海军舰艇编队指挥员周伯荣少将到达码头时，“乙支文德”号导弹驱逐舰全体舰员甲板站坡，给予了中国海军将军高规格的欢迎礼仪。

“乙支文德”号导弹驱逐舰是用韩国古代海军将领乙支文德将军的名字命名的。我在“乙支文德”号的内舱通道里，见到了身穿古代战袍的乙支文德将军的画像，其服装真有点像我国古代战将穿的服装。

“乙支文德”号导弹驱逐舰是韩国自行研制的最大吨位作战舰艇，装有2座四联装“鱼叉”舰对舰导弹、16个“海麻雀”舰对空导弹垂直发射箱体、2座鱼雷发射管、1架舰载机以及先进的电子战和指挥系统。

该舰长133.35米，宽14.2米，吃水4.336米，标准排水量3181吨，满载排水量3971吨，最大航速为33节，续航力为4500海里/18节，最大编制人员286人。“乙支文德”号曾于2001年10月访问过我国上海。

热情的韩国海军军官引导我们参观了舰上的驾驶室、指挥平台、飞行甲板和机库。随后，我们在舰上的军官餐厅与韩方军官共进午餐。这是一顿正宗的韩国餐，同样是叫不上名字的四菜一汤，辣得我眼泪直流，因为我最怕吃辣椒，只好半饥半饱假装斯文。

去年10月，“汉城”号导弹护卫舰曾访问过我国上海。这次担任中国来访军舰的礼宾舰，它与中国来访军舰停靠在同一个码头上，距“嘉兴”舰只有

↓ 每当周日，韩国三军仪仗队就会在首尔战争博物馆广场为民众表演。

↘ 5月8日，韩国海军在仁川码头进行隆重欢迎仪式。

10 米距离，使中韩海军官兵交流起来非常方便。

“汉城”舰是韩国自行建造的第 2 艘“蔚山”级导弹护卫舰，由韩国现代精工蔚山造船厂承建，1981 年 9 月动工，1984 年 1 月下水，同年 9 月交付使用。该舰曾于 1994 年与另一艘护卫舰执行远航任务，共访问了 16 个国家的港口。该舰标准排水量 1496 吨，最大排水量 2189 吨，舰长 102 米，舰宽 11.5 米，吃水 3.5 米，最大航速 34 节，续航力 4000 海里 /15 节，编制人数 156 人。

虽然“汉城”舰已经服役快 20 年了，型号不算新，但它的战斗力仍很强：装有 2 座四联装“鱼叉”舰对舰导弹发射架（“鱼叉”导弹从美国引进，最大射程 110 公里）、2 座三联装反潜鱼雷发射管，并装有对海、对空搜索雷达各 1 部，及声纳和电子战系统。“汉城”舰的舰龄虽长，但整个舰体整洁如新，舰上装备保养得非常好，几乎看不到锈迹，各类物品摆放有序，符合作战要求，令中国同行赞叹不已。在“汉城”舰靠港期间，我发现平时舰上官兵不多，除值更人员外看不到其他舰员。经了解我才弄明白，原来韩国海军规定，不担任值更的舰员，都住在基地的宿舍楼里，这点与我国海军有所不同。

隔海相望，鸡犬之声相闻

在中韩海军高层互访中，双方多次提到中韩两国是友好近邻。韩国军人的友好与风趣，还表现在正式的拜会场合中。韩海军第 2 舰队司令丁秉七将军在向中国舰艇编队作介绍的过程中，提到仁川离中国的山东最近时，音箱里及时发出了几声公鸡的打鸣声，引得在场的海军军官发出阵阵笑声。

韩国三面环海，西面濒临黄海，从韩国仁川到山东威海，直线距离不到 100 海里，在韩国的华侨多数是山东人，其中 80% 是威海人。

在 5 月 8 日的码头欢迎仪式上，华人华侨手持五星红旗，脸上露出发自内心的笑容，眼里含着激动的泪水。我和他们交谈时，听到的是非常熟悉的山东乡音——威海话，让我感到特别亲切！我就用不太流利的威海话和他们聊了起来，一下子拉近了和他们的距离，就像见到了家人一样。

我曾在海军青岛基地政治部宣传处工作多年，基地的许多部队都驻守在烟台、威海一带的千里海防线，我经常要到这些部队去采访，时间久了，烟台话、威海话就能听懂个八九不离十了，还有意地学了几句。因为胶东半岛的话很独特，和山东其他地方的方言完全不一样，如果听过倪萍的“天气预报”，就知道威海话是什么味道了。

丁秉七少将表示，中韩两国地理相近，“隔海相望，鸡犬之声相闻”，希望今后能更进一步加强合作交流。

韩国海军官兵对中国军舰也表示出浓厚的兴趣。当韩国海军官兵参观完我舰后，对我国能制造出性能如此优越的现代化军舰表示钦佩，对良好的装备、整洁的舰容和官兵们的良好素质表示赞赏。他们认为，中国军舰装备先进，保养良好，舰上干净整洁，官兵精神面貌好，具有很高的素养，表现出较高的军事职业水准。

5 月 11 日上午 10 时，中国海军舰艇编队圆满完成了对韩国的友好访问，驶离韩国仁川港。韩国海军在码头上举行了欢送仪式，中韩两国海军官兵依依惜别。在中国军舰已经驶出港口很远的距离后，韩国海军官兵和华人华侨仍久久地挥舞着军帽和五星红旗，不肯离去。

08

探秘非洲

索马里和吉布提在历史上有着渊源的历史关系，但吉布提的历史并不长。19 世纪 50 年代，法国入侵吉布提，把它作为海外领地，称之为“法属索马里”。1887 年，法国殖民者把总督府设在吉布提市。直到 1895 年，这里还是一个人口很少的小镇。19 世纪末，随着吉布提至亚的斯亚贝巴铁路的修建，这里的人口逐渐增加。1977 年 6 月 27 日，吉布提通过和平方式宣布正式独立。

踏访非洲最小的国家

2010 年 9 月 22 日，中国海军“和平方舟”号医院船驶抵吉布提共和国吉布提港，开始对吉布提进行为期 7 天的人道主义医疗服务。这是吉布提共和国首次迎来外国医院船为其服务，也是“和平方舟”号医院船首次赴亚非五国开展医疗服务的第一站，标志着中吉两国人民的传统友谊和感情交流掀开了新的一页。

当地时间上午 8 时，“和平方舟”号医院船在吉布提引导船的引导下，缓缓驶进吉布提港。身着洁白军装的全体官兵在甲板上分区列队。在经过近 6000 海里的连续航行后，经受了风浪洗礼的“和平方舟”号医院船整洁一新，用中文和法语写有“中吉两国友谊长存”字样的横幅在阳光下熠熠生辉。

吉布提军政官员、驻吉外交使团代表、驻吉外军基地领导、中国驻吉使馆工作人员，到码头迎接“和平方舟”号医院船。旅居吉布提的华人华侨、中资机构代表挥动着五星红旗和花束，热烈欢迎医院船来到吉布提市提供医疗服务。

在“和平方舟”号医院船随船军乐队演奏的热烈的《欢迎进行曲》中，“和谐使命 -2010”任务指挥员包裕平少将与前来迎候的吉布提议会议长伊德里斯 · 阿尔纳乌德 · 阿里、吉布提海军司令员阿卜杜拉曼上校、我国驻吉大使张国庆等亲切握手。随后，包裕平少将在吉海军司令阿卜杜拉曼上校的陪同下检阅了吉海军水兵仪仗队。

炽热的海滨之国

吉布提共和国位于非洲东北部亚丁湾西岸，扼红海进入印度洋的要冲，战略地位十分重要。其年平均气温在30℃以上，夏季最高气温可以达到50℃以上，全年降水量不到150毫米，有“炽热的海滨之国”之称。

吉布提首都吉布提市是全国最大的城市，是吉布提的政治、经济、文化和交通中心，且是东非最大的海港之一。面对红海南大门的曼德海峡，地处欧、亚、非三大洲的交通要冲，是红海入印度洋的咽喉，凡北上穿过苏伊士运河开

↓ 中国海军“和平方舟”号医院船停靠在吉布提港。

吉布提整个国家实际上是一个巨大的荒原，到了吉布提就好像到了月球。

↑ 我们乘车穿行在吉布提市郊，时常会看到羊上树的场景。

吉布提的羊也更有特色，是“环保主义者”。由于地上不长草，羊只好去吃纸箱、塑料袋等垃圾。我们乘车穿行在吉布提市郊，时常会看到羊上树的场景。最开始，我们还以为羊真的会上树，其实，它们是被人抱上树的，为了吃树上的叶子。由于吉布提人信奉伊斯兰教，忌口的东西很多，我听说吉布提人不吃带壳的海鲜，所以，这里的大虾和螃蟹很便宜。

半小时走完吉布提首都

9月23日，我们乘坐吉布提政府提供的丰田越野车，游览了吉布提的市容，车子沿吉布提市区转了一个大圈行进了约半个多小时，对吉布提的市区有了大概了解。

吉布提市区沿海而建，港口在市区的北侧，市区以南5千米是法国军事基地和国际机场，城区东北部建有总统府和大片的别墅区，在离它不远的地方有一处海水浴场。美中不足的是，海边的沙子是黑色的，沙滩上还有许多被海水冲上岸的海带，散发着阵阵的海腥味。

沿着环海路再往前走，就是北部的使馆区。目前，已经有十几个国家在吉布提设立了使馆。这里环境优雅、安静，戒备森严，中国驻吉布提大使馆也在其中。紧靠使馆区有一座五星级宾馆，它是吉布提唯一的五星级宾馆——凯宾斯基大酒店，由德国人出资修建并管理。来这里下榻的大多是有钱的商人和来自美国、德国、韩国、日本等国的军人，这些军人大都与亚丁湾护航任务有关。

我来过凯宾斯基大酒店两次。进入由保安严格把守的大门后，院子里是排列整齐、造型美观的棕榈树，大面积的鲜花和灌木丛将酒店装点得格外温馨，就像来到了三亚的亚龙湾。酒店门口的喷泉源源不断地喷着泉水，使人们暂时忘记了这里是酷热、干旱的非洲。穿过酒店大堂，就到了海边。高高的棕榈树下是一处游泳池，一眼望去，游泳池的水和海水连成一体，设计非常巧妙。当然，这里的房价也是惊人的，一个商务标准间，每天的房费高达 500 美元。

吉布提市区的西南部，连接着内陆，那是一望无际的荒原。起伏的丘陵上布满了大小不一的石头，真像是到了月球，空旷得让人感到恐惧。这里像是穷人的聚集地，远离市区，远离海边，只有一条环城公路。公路两旁是大片荒废的汽车，又有点像是二手车交易市场。紧接着是成堆的垃圾场，附近老百姓的住房也很简陋，用石头和草席搭建而成。孩子们在空地上玩耍，人们好像无事可做一样。

探访阿萨尔盐湖

9 月 28 日，在离开吉布提的前一天，我们驱车两个小时，来到吉布提市举世闻名的景点——阿萨尔湖，人们习惯称它为“盐湖”。阿萨尔湖是非洲最壮观的自然景观之一，位于吉布提首都以西 100 多公里处。

我们乘坐的汽车沿着吉布提至埃塞俄比亚的一级公路行驶，司机是一名吉布提小伙子。车开得很守规矩，严格按照路边指示的限速行驶。我忽然发现路边不时闪过标有欧盟标志的路牌，我很快就明白了，这条跨国公路是由欧盟

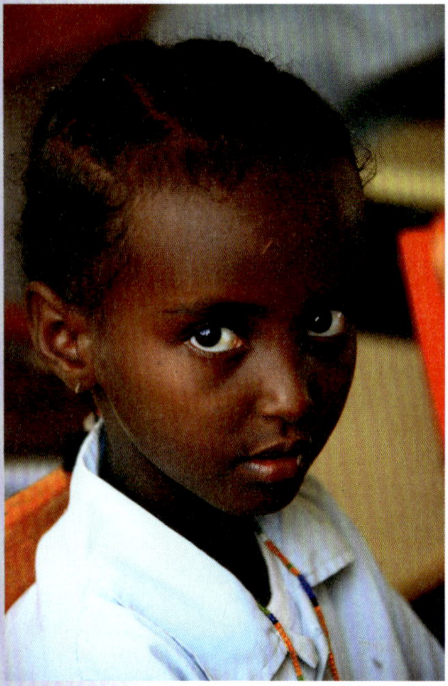

↖ 在学校教室里上课的吉布提小学生。

↗ 天真活泼的吉布提儿童。

出资帮助修建的，应该是吉布提国内最好的一条公路了。

穿过高低起伏的山区和丘陵地带后，我的眼前豁然开朗了起来，蓝色的海岸线出现在眼前，还能隐约看到远处的阿萨尔湖，蓝白相间。我从资料上得知，阿萨尔湖的湖面低于海平面150米，是非洲大陆海拔的最低点，水深60米。阿萨尔湖也是一个天然大盐田，含有丰富的钾盐、溴等矿物质。其每升水含盐量达330克，盐量之丰富，为世界罕见。

在到达盐湖之前，我们先参观了一处天然温泉。这里的空气温度和湿度极高，仿佛进了桑拿间。温泉四周被风化的怪石环抱，泉水出口的水量其实并不大，只是一股小溪。我用手试了一下泉水的温度，足有八九十摄氏度，烫得我赶紧把手缩了回来。我发现这里还有一个怪现象，紧挨着的两池水一个是淡水，另一个是咸水，让人百思不得其解。

驱车再往前走不久，终于到了阿萨尔盐湖。站在盐湖边的高处放眼望去，天然的盐层在阳光下闪烁着白光，碧绿的湖水被一个巨大的盐场环绕，仿佛到了一片银色的世界。当我踏上那坚硬的盐层时，心中有着别样的感觉。脚下的盐层经过多少万年的沉积，才积累了这几十米深的厚度。

据说，这个盐场由阿法尔牧民开发，迄今已有几百年历史了。现在仍然可以看到阿法尔人用骆驼驮着湖盐，向南一路跋涉，直至埃塞俄比亚。

我顶着酷热的高温和强烈的阳光，踏过坚硬的盐面向湖心走去，大约走了不到百米，就来到了盐湖的边缘。湖水从盐层边缘向湖心延伸，湖水的颜色也由浅蓝变成深蓝，湖心的颜色则呈湛蓝，在白色盐层的映衬下，蔚为壮观！吉布提境内沙漠占全国面积的90%，出现这样一个湖泊实属罕见！因此，阿萨尔湖被人们视为聚宝盆。事实也是这样，盐是吉布提最主要的天然资源之一，也是主要的出口物资之一。

面对如此广袤神秘的盐湖，我竟然不知如何取景构图，手中的相机快门迟迟不能按下。我虽说到过世界不少地方，也走过一些名山大川，见识过许多奇光异景，但当我站在如此古老而又神奇的盐湖边时，还是被强烈地震撼到了，仿佛感觉到了古老盐湖的形成和变迁，触摸到了盐湖那隐藏着的永远跳动的“脉搏”。我不知怎样和这位历史老人对话，因为我在它面前显得太渺小、太稚嫩。我只能站在盐湖边为它默默祈祷，祈祷它为吉布提人民带来幸福！

在盐湖和公路的连接处，有一个阿法尔族小伙子在向游人兜售由巨大盐粒形成的结晶体。大大小小的摊位上摆放着各式各样的结晶体和火山石。我用两美元买了一块造型独特的结晶体。洁白而又具有张力的盐粒，不规则地集结在一起，就像一个团结的整体，永不分离。我要把它精心保存，跨海越洋，将它平安带回北京，放在家中的客厅里，让它不时地提醒我，永远也不要忘记阿萨尔盐湖，更不要忘记吉布提。

9月28日，在“和平方舟”号离开吉布提的前一天，中国驻吉布提使馆专门举行了“庆祝国庆六十一周年招待会”。应张国庆大使的邀请，指挥员包裕平将军带领“和平方舟”号医院船上的50名官兵参加了这次活动。我也很荣幸地参加了这次盛会，在万里之遥的非洲吉布提，庆祝新中国的生日，非常有纪念意义。

吉布提：兵家必争之地

索马里和吉布提在历史上有着渊源的历史关系，但吉布提的历史并不长。19世纪50年代，法国入侵吉布提，把它作为海外领地，称之为“法属索马里”。1887年，法国殖民者把总督府设在吉布提市。直到1895年，这里还是一个人口很少的小镇。19世纪末，随着吉布提至亚的斯亚贝巴铁路的修建，这里的人口逐渐增加。1977年6月27日，吉布提通过和平方式宣布正式独立。

多国军队驻军

尽管索马里和吉布提已经是两个独立的国家，但索马里至今仍对吉布提产生着影响，甚至左右着吉布提的前途和命运。索马里海盗也绝对不会想到，是他们在亚丁湾的海盗行为，将吉布提这个非洲最小的国家，变成了当今世界最关注的热点。

只有来到吉布提，才能亲身感受到它的军事战略重要性。历史上，最先在这里驻军的国家是法国。1942年“二战”时期，法国为了保护其海上航运通道，开始在吉布提设立军事基地，至今已有70多年的时间。如今，法国在吉布提设立的军事基地至少有3处，还有一座规模相当的医院，各项设施齐全。据悉，目前法国至少在吉布提保留着3000人的驻军。

↑ 在吉布提，随时都可以见到不明国籍的军车车队。

行走在吉布提的大街上，经常能碰到涂有沙漠迷彩图案的法军车队、美国的悍马军车。在小小的吉布提市内，法军基地占有相当大的面积，欧盟和北约的军事指挥机构也设在法军基地的营区里。据说，美国在吉布提的军事基地已经建好，同时也提供给韩国和日本军队租用。

走在吉布提市的大街上，会不时看到穿着各式迷彩服的来自不同国家的军人，美国军人、德国宪兵、韩国水兵、日本水兵、伊朗水兵等，在法国人开的大型超市里，甚至还会看到身穿迷彩服、腰上别着手枪的法国军人，这感觉就像到了联合国。

个 美国海军一艘大型补给舰，停靠在“和平方舟”号医院船旁边的码头上。

两艘军舰，一艘大型补给船和一艘轻型导弹护卫舰。这两艘舰曾于几天前在亚丁湾与我们相遇过。

紧挨着“和平方舟”号停靠的，是一艘美国海军的大型综合补给舰。据说这座码头已被美国海军长期租用。在我们到达吉布提的当天，一艘韩国海军的导弹驱逐舰也停靠在这个码头上。

在美舰的旁边，是一艘日本海上自卫队的导弹驱逐舰。在码头对面的吉布提输油码头，还停靠着一艘日本更为新型的导弹驱逐舰。据悉，亚丁湾有 2

探访英法俄海军主力战舰

2007年9月24日，中国海军出访编队在法国访问第3天。在位于地中海最大的法国海军基地——土伦军港，我跟随编队指挥员，登上了“拉菲特”号导弹护卫舰参观。

当地时间2007年9月10日，由“广州”号导弹驱逐舰和“微山湖”号综合补给舰组成的中国海军远洋训练出访舰艇编队，成功对英国朴茨茅斯进行了4天的友好访问。

2011年7月25日至8月11日，对俄罗斯符拉迪沃斯托克市和朝鲜元山市进行为期18天的友好访问，总航程近3000海里，访问取得圆满成功。

个 法国土伦港湾里的帆船。

罗舰长解释说，一台用来办公处理文件，另一台用来上网，这样做是为了更安全。接下来，我们来到了这艘舰的最高处——驾驶室，在这里可以俯视全舰。由于进行了隐形设计，从驾驶室能看到舰艏。除了前主炮外，该舰其余部分就像是几块三角形积木组合在一起的一样，与传统军舰的结构大不相同。

我还发现，全封闭的舰艏没有出口，因此，前甲板不能上人。环顾“拉菲特”舰的驾驶室，其空间比一般护卫舰的驾驶室大一些，设备布局紧凑，操作台上排列着多台电脑，看得出该舰的信息化程度很高。与中国军舰不同的是，法国军舰的海图室大多都设置在驾驶室内，以便舰长在航行指挥时使用。

一名女值更官在当更，冲着我们友好地一笑，随后在广播中用法语向舰上官兵下达指令。此时，我又发现了一个不同之处：“拉菲特”舰的值更官在广播前，会先放一段悦耳的小号音乐，然后再播出指令，而不是刺耳的铃声，非常人性化，体现了法国人特有的浪漫。

在驾驶室左侧，有一架潜望镜引起中国同行的好奇，因为这种潜望镜通常只能在潜艇里看到。我的第一个反应是，这是一架远红外潜望镜，用于夜间观察。但莫罗舰长回答说，这只是一架普通的潜望镜。那它可能被用来升高观察高度的，因为“拉菲特”舰的舰型较低，潜望镜可以升高观察人员的视角，同时，潜望镜还具有将远处目标放大的功能。

从驾驶室右侧出来，就到了导弹发射平台，2座4联装MM40Block2型舰舰导弹发射架出现在我的眼前。发射架上只有4枚导弹，我发现这种圆型导弹的体积很袖珍。在2座发射架的两侧，各有一块挡板，起着限制导弹发射时尾部喷射火焰扩散面的作用。1套8联装“海响尾蛇”防空导弹发射系统，安装在直升机库的顶部，成为“拉菲特”舰的“守护神”。

随后，莫罗舰长还带领我们参观了机电室、水兵住舱和舰上的厨房。总体感觉是：虽然“拉菲特”舰的吨位不大，但舱内布局合理，空间得到了充分的利用而不显得拥挤，给人一种舒适感。

一个半小时的参观很快就结束了，莫罗舰长将我们送到舷梯口。编队指挥员在与他握别时幽默地说：“明天海上联合演习时，你可要好好表现噢。”莫罗舰长微笑着向将军敬了个军礼。

中法海上联合军演

9月25日8时，中国海军舰艇编队在圆满结束了对法国4天的友好访问后，驶离土伦军港，劈波斩浪向预定演习海域驶去，参加代号为“中法友谊–2007”的海上联合军事演习。

9时30分至19时30分，中国海军“广州”舰和“微山湖”舰与法国海军“拉菲特”号导弹护卫舰（舷号F710）、“比罗司令”号反潜护卫舰（舷号F796）和“黑豹”“大山猫”直升机，在土伦军港以南的地中海海域，成功进行了以联合搜救为主要内容的非传统安全领域海上联合军事演习。我有幸在“广州”号导弹驱逐舰上，用手中的数码相机记录了联合军演的全过程。

这是中国海军舰艇首次在地中海与法国海军举行海上联合军演，法国海军对此高度重视，专门派出2艘军舰和2架直升机，参加海上联合搜救演习。

“皇家方舟”号航空母舰亮相中英联合军演

初秋的大西洋海域，碧海蓝天，白云翻卷，海风劲吹。

当地时间 2007 年 9 月 10 日，由“广州”号导弹驱逐舰和“微山湖”号综合补给舰组成的中国海军远洋训练出访舰艇编队，在成功对英国朴茨茅斯进行了 4 天的友好访问后，于上午 11 时 30 分，驶离朴茨茅斯军港，乘风破浪，驶向大西洋演习海域。

演习代号“中英友谊 -2007”

下午，在朴茨茅斯附近海域，中国军舰与英国海军“皇家方舟”号航空母舰会合，成功进行了以联合搜救为主要内容的非传统安全领域的海上联合军事演习，演习代号为“中英友谊 -2007”。

演习精彩纷呈，场面壮观，这是中国海军舰艇首次与外军航母举行联合演习，也是首次在大西洋海域举行演习。我作为新华社随舰记者，亲历了这一载入中国海军史册的中英海军联合军事演习的全过程。

此次演习的背景是，G 国某舰船海上遇险，舱室着火并有人员伤亡，应 G 国政府的国际救援请求，中英两国海军舰艇编队火速赶往出事海域，搜寻受损船只，并组织救援。演习分为通信联络、海上联合搜救和演习结束 3 个阶段，主要演练灯光和甚高频通信，编队队形变换，联合舰艇编队海上搜索、援救受损船等内容。

个 停靠在朴茨茅斯军港的“广州”舰和英国海军“皇家方舟”号航空母舰。

天公作美，为这次联合军事演习提供了较好的海况。14时整，演习正式开始。收到海上求救信号后，中英两国海军舰艇编队迅速赶往事发海区，搜救海上遇险船只。中英两国海军通过灯光信号和国际甚高频进行了若干组代码的收发后，达成了通信识别。随后，由英方指挥搜救，“皇家方舟”号航空母舰、“广州”号导弹驱逐舰分别前往预定搜救区搜索。当遇险船只被准确定位后，双方转交指挥关系，由中方指挥援救。

“皇家方舟”首次亮相

英国海军“皇家方舟”号航空母舰（舷号R07），满载排水量20600吨，舰长209.01米，舰宽36米，吃水8米，飞行甲板长167.8米，宽13.5米，最大航速28节，续航力7000海里/19节，是目前英国皇家海军舰队的旗舰。

该航母配有3座火神密集阵MK15、2座厄利孔20毫米机枪，装备DLJ

个 英国海军“皇家方舟”号航空母舰上的迎宾礼仪。

型 8 座海蚋 130/102 毫米 6 管投放器噪音抑制系统（诱饵）、马可尼或西格纳尔 1022 型对空搜索雷达、“马可尼”996 型对海雷达、普雷西 2016 型主动搜索与攻击舰壳声纳，可搭载舰载机 8 架海鹞式 FA2 空中防御攻击战斗机、8 架海鹞式 GR7 地面攻击战斗机、2 架海王 HAS6 型或 EH101 隼 MK1 型反潜直升机、4 架海王预警直升机，还能搭载支奴干型直升机。

“皇家方舟”号属于英国皇家海军“无敌级”（CVG）航母，1981 年下水，1985 年 10 月部署在朴茨茅斯分舰队，曾代表英国海军参加过伊拉克战争。

参加联合演习的“广州”号导弹驱逐舰（168 舰），是我国自行研制和建造的新型现代化导弹驱逐舰，全长 155.5 米，最大舰宽 17.2 米，满载排水量 5585 吨，巡航时速 18 节，自给力 15 天，具有较强的防空、反舰、反潜作战和电子对抗的能力。“广州”号导弹驱逐舰先后圆满完成了“和平使命 –2005”中俄联合军事演习等多次重大演习任务。这是该舰首次执行编队出国访问任务，担任出访编队指挥舰。

“微山湖”号综合补给舰（887 舰），是我国自行研制和建造的现代化大型

在“广州”舰上拍摄到的“皇家方舟”号航空母舰。

“瓦良格”号导弹巡洋舰探秘

应俄罗斯和朝鲜海军的邀请，经中央军委批准，由“郑和”号远洋训练舰和“洛阳”号导弹护卫舰组成的中国海军训练舰编队，出访官兵568人，于2011年7月25日至8月11日，对俄罗斯符拉迪沃斯托克市和朝鲜元山市进行为期18天的友好访问，总航程近3000海里，访问取得圆满成功。

我对这次出访活动进行了现场式的全记录，将100多幅新闻照片和10多篇新闻稿发回北京总社。据新华社信息中心统计显示，这些照片和文字稿被国内外1000多家报刊采用，各大主要网站也广为转发，收到很好的宣传效果。

驶抵俄罗斯符拉迪沃斯托克港

训练舰编队于7月25日从辽宁旅顺港出发，航经釜山海峡、日本海，于7月29日驶抵俄罗斯符拉迪沃斯托克港，对俄罗斯进行了为期4天的友好访问。俄罗斯海军太平洋舰队副司令里亚布欣少将亲自在码头迎接，并为中国海军训练舰编队的到来举行了隆重的欢迎仪式。

符拉迪沃斯托克是俄罗斯边疆区行政、工业、文化、商业中心，面积 700 平方公里，人口约 100 万，位于莫拉维耶夫·阿穆尔半岛之上。符拉迪沃斯托克是太平洋岸畔的世界名城，是俄罗斯远东地区的第二大城市。它濒临日本海，控制鄂霍茨克海，是重要的军事基地，闻名世界的俄罗斯太平洋舰队和第 23 空军的司令部设在这里。

↓ “瓦良格”号导弹巡洋舰是第 3 艘俄海军“光荣级”巡洋舰，是太平洋舰队的旗舰。

训练舰编队在符拉迪沃斯托克访问期间，正值俄罗斯海军成立 315 周年和中国人民解放军成立 84 周年纪念日，因此，俄罗斯海军对中国军舰的来访高度重视，将访问活动安排得丰富多彩。

俄罗斯海军自 1696 年成立，有着 315 年的光荣历史。每年 7 月的最后一个星期日为俄罗斯的海军节，这一节日是 1939 年原苏联政府作出“建立强大的远洋舰队”决定时确定下来的。俄罗斯海军现有 6 个兵种：潜艇、海军航空兵、水面舰艇、海军特种作战任务兵、海岸导弹炮兵和海军陆战队。

7 月 31 日，是俄罗斯的海军节。俄海军太平洋舰队专门邀请来访的中国海军官兵，参加太平洋舰队音乐会、向“太平洋舰队战斗荣誉”纪念建筑群敬

俄海军太平洋舰队举办海军节，纪念俄罗斯海军成立 315 周年。

献花圈等多项庆典活动，还特意邀请编队指挥员乘坐检阅艇参加海军节海上阅舰式。30名中国海军官兵参加了这次俄罗斯海军节大型庆典仪式。

将近3个小时的庆典活动，异彩纷呈，让人目不暇接。整台庆典节目构思奇特，创意新颖。从俄罗斯海军最初建立，到300多年来的历史沿革，一幕幕在人们眼前展开，陆地和海上场景交相呼应，动人心弦，使我们大开眼界，视觉和心灵同时受到震撼。我对厚重的俄罗斯海军文化有了更深的了解。

8月1日，是中国人民解放军成立84周年纪念日。上午8时，出访编队全体官兵在远离祖国的俄罗斯符拉迪沃斯托克港进行隆重的升国旗仪式。在中国军舰举行升旗仪式的同时，军港内的俄罗斯海军军舰也举行了隆重的升旗仪式。随后，两艘中国军舰举行开放日，供俄罗斯海军官兵和民众参观。

登上“瓦良格”号导弹巡洋舰

中午，俄海军太平洋舰队参谋长、代理司令阿瓦基扬茨少将专门邀请指挥员等中国海军高级军官参观旗舰“瓦良格”号导弹巡洋舰。这是一次高规格的参观活动，俄海军太平洋舰队给予了最高的礼仪来接待。参观结束后，俄海军太平洋舰队司令在“瓦良格”号上举行VIP小型宴会，一方面是盛情款待中国来宾，更主要的是庆贺中国人民解放军的“八一”建军节。

我在得到采访这次参观活动任务后，抄起两台相机就向“瓦良格”号奔去。在码头上，我忽然发现，作为中国军舰的陪同舰——身躯庞大的“瓦良格”号巡洋舰，悬挂起了满旗，仿佛披上了节日的盛装，颇为壮观。停泊在港内的所有军舰都是尾靠码头，从“郑和”号到相邻的“瓦良格”号只需两分钟。我来到“瓦良格”号的舰尾，庄重地向桅杆上的军旗行了军礼后，沿着舷梯登上了“瓦良格”号导弹巡洋舰。此时，由舰长率领的几位军官已经等候在舷梯口，准备迎接中国海军指挥员的到来。

12时50分，中国海军编队指挥员在俄海军太平洋舰队副司令里亚布欣少将的陪同下准时登上“瓦良格”号的舷梯。“瓦良格”号的舰长及舰上几位主要军官在舰艉舷梯口迎接。

按照海军礼仪，在编队指挥员踏上甲板时，“瓦良格”号值更水兵吹响了悦耳的笛声，“瓦良格”号舰长举起右臂向编队指挥员敬礼并报告：“欢迎中国海军编队指挥员登舰参观！”编队指挥员站在专门为他准备好的一块洁白的地毯上举手还礼，并同“瓦良格”号舰长亲切握手，互致问候。

↑ 在“瓦良格”号导弹巡洋舰的飞行甲板上，舰长为中国海军来宾举行欢迎仪式。

↓“瓦良格”号导弹巡洋舰上的水兵仪仗队。

我站在“瓦良格”号的甲板上，有一种“脚踏实地”的感觉。为什么呢？我很快就找到了答案：“瓦良格”号采用的钢板特别厚，而且钢板的质量也非常好。记得1986年，我在青岛曾登上过来中国访问的俄罗斯军舰，印象中舰体和甲板制造得很粗糙，保养得也不好。而这次登上“瓦良格”号，完全改变了我的印象，因为，舰上装备保养得非常好，几乎看不到锈迹。

这一点，也被细心的编队指挥员发现了。他指着舰上一个擦得锃亮的黄铜设备，对舰长说：“舰上装备保养得很好，舱面上的设备很容易生锈，保养成这样很不容易！”听到表扬后，舰长的脸上露出了自豪的笑容。

接下来，在“瓦良格”号巡洋舰的飞行甲板上，舰长为中国海军来宾举行欢迎仪式。俄海军水兵仪仗队整齐列队，仪仗队队长手持礼宾刀正步向指挥员报告，请示检阅。这时，军乐队奏起中俄两国国歌，全体军人庄严肃立，面向中俄两国国旗行举手礼。欢迎仪式简短而隆重，颇具俄罗斯海军特色，我用相机记录下了这一珍贵的场景。

武备强大堪称“航母杀手”

欢迎仪式结束后，编队指挥员等在俄海军太平洋舰队副司令里亚布欣少将的陪同下，开始参观“瓦良格”号。在一块展板前，舰长向来宾详细介绍“瓦良格”号导弹巡洋舰的基本情况。

“瓦良格”号巡洋舰是第3艘俄海军“光荣级”巡洋舰，由苏联海军建造，1989年服役于俄罗斯海军，是俄罗斯海军太平洋舰队的旗舰。全舰共有官兵529人，其中军官38名。“瓦良格”号舰长186米，舰宽20.8米，吃水7.6米，标准排水量9800吨，满载排水量11200吨。该级舰采用燃气轮机推进方式，最大航速32节，续航力7500海里/15节。

舰上装备的主要反舰武器，为16枚SS-N-12“沙箱”远程超音速反舰导弹，可携带1000公斤装药的常规弹头或射程达300海里的战术核弹头。它布设在前部上层建筑两侧，直径约2米，长约12米，共16个，导弹全长11.7米，常规弹头重750公斤。核弹头的当量则为35万吨，制导系统为先进的主动雷

个 “瓦良格”号巡洋舰上宽敞的驾驶室。

达寻的 + 惯性制导 + 中继指令修正的复合制导系统。

SS-N-12 “沙箱” 远程超音速反舰导弹，能用 2~3 倍音速的速度，在掠海高度上攻击 50~550 公里范围内的任何水面目标，威力大，一般只需 1 枚携有常规弹头的 SS-N-12 即可将 1 艘万吨级战舰送入海底。如果是核弹头的话，一支航母编队可在瞬间蒸发。因此，“瓦良格”号导弹巡洋舰以强大的导弹、鱼雷和火炮系统闻名，被称为“航母杀手”。

舰长接着介绍说：“‘瓦良格’号配备 1 架卡 -27 直升机，主要用于反舰导弹的中继超视距制导。”

“瓦良格”号的防空武器主要为 SA-N-6VLS 垂直发射远程舰空导弹。它的发射装置在舰中后部的甲板下面，沿纵线两侧对称排列，每边 4 个，共 8 个。发射井内沿圆周布置 8 个导弹发射筒，总共备弹 64 枚。SA-N-6 为 S-300 的舰用型，指令制导，半主动雷达寻的，战斗部重 90 公斤，射程 100 公里，射高 27 公里。

在“瓦良格”号尾部直升机机库两侧，各设有一座 SA–N–4 近程防空导弹。它的导弹舱呈圆筒形，直径约 3.25 米，高 6 米，可容纳一对能垂直升降的导弹发射架，备有 SA–N–4“壁虎”导弹 20 枚。该弹长 3.2 米，直径 0.21 米，2.5 马赫时射程约 15 公里，备弹 40 枚。

另外，“瓦良格”号还装有 6 座 AK- 650 型 6 管 30 毫米炮用于末端防御。其中，一对设在舰桥前方甲板室上部，纵向排列；另外两对设在舰中部两侧的专用平台上。该炮射程 2 公里，射速 3000 发 / 分钟。

舰长还介绍说，反潜不是本舰的主要任务，只备有 2 具五联装 533 毫米鱼雷发射管和 2 座射程为 6 公里的 RBU600012 管反潜深弹发射器，起辅助作用。

舰长边说边引领大家穿过一个细长的通道向舰艏走去。在前甲板，一座双管 130 毫米主炮坐于炮塔之上。舰长介绍说，这座主炮的最大射程为 29 公里。

历尽百年沧桑的“瓦良格”

进入“瓦良格”号的舰舱，舰长先将中国来宾带入一间陈列室。舱内空间不大，舱壁上挂满了照片，室内摆满了各种实物，浓缩着“瓦良格”号的百年沧桑。舰长指着一幅幅历史照片和一件件实物，认真地讲述着“瓦良格”号的海战经历和光荣历史。

“瓦良格”的俄语意思为“支援、援手”。在 1904 年 ~1905 年日俄战争中，沙俄海军“瓦良格”号巡洋舰舰长鲁德涅夫上校，率领全舰官兵同 4 倍于己的日本海军作战，经过浴血奋战，取得重创日舰 2 艘、击沉日舰 1 艘的战绩。

海战中，“瓦良格”号也受伤严重，只好自沉。不料，自沉后的“瓦良格”号被日本人打捞出来成为战利品。后来，几经周折，沙俄海军又将这艘已是千疮百孔、立下赫赫战功的“瓦良格”号从日本人手里买了回来，把历尽沧桑的“瓦良格”号沉到了英国附近的英吉利海峡。至此，“瓦良格”号终于找到了最后的归宿。

↑ “瓦良格”舰上的陈列室里琳琅满目，不少实物和照片弥足珍贵。

从日俄海战时期以蒸汽轮机作为动力的“瓦良格”号，到今天现代化装备精良的“瓦良格”号，经过了上百年的历史发展。按照前苏联海军“1164计划”，“光荣级”导弹巡洋舰于1976年开工建造。该级舰的首舰于1979年在445号船坞下水，并以“光荣”号为舰名，在1983年进入当时的苏联海军服役。

苏联解体后，“光荣”号经历了一场大修，于2000年重新进入俄罗斯海军服役，其舰名被改为“莫斯科”号，舷号更改为“121”。“莫斯科”号被指定为俄罗斯海军黑海舰队的旗舰至今。

“光荣级”巡洋舰一共下水了4艘。第2艘“乌斯季诺夫元帅”号，在1986年进入前苏联海军北海舰队服役，舷号为“070”。第3艘于1989年进入前苏联海军太平洋舰队开始服役，当时它的舰名为“红色乌克兰”。90年代中期，其舰名改为“瓦良格”，舷号也更改为“011”。“光荣级”第4艘也是最后一艘舰在乌克兰建造，最初名字为“乌克兰”，后改名为“罗波夫海军上将”。

我留心观察了陈列室的展品，琳琅满目，不少实物和照片弥足珍贵，这是一个袖珍型的“爱国主义教育基地”。我想，参观过荣誉室的俄海军官兵，一定会受到深刻的爱国主义教育。经过300多年的风雨洗礼和积淀，崇尚荣誉，崇尚英雄，传承历史，已经成为俄罗斯海军个性鲜明的海军文化。

为中俄海军传统友谊干杯！

参观完荣誉室后，我们来到“瓦良格”号的驾驶室。驾驶室很宽敞，视野开阔，分为前后两个部分，前面用于航行中的操舵指挥，后面用于雷达、通信和海图作业等。两只高大的座椅十分显眼，摆放在驾驶室的左右两端，是供舰长指挥用的专座。座椅旁边有专用监视器，便于舰长指挥。指挥员坐上去，亲身感受了一番。

↑ “瓦良格”号导弹巡洋舰上的官兵在悬挂满旗。

从驾驶室出来后，“瓦良格”号的舰长还邀请中国海军客人参观了他的舰长室。我环顾四周，舰长舱室位于该舰的右舷，宽敞明亮，卧室、办公桌和衣柜等设施配备齐全，非常整洁、舒适。

按照事先商定好的计划，参观内容至此结束，接下来是参加俄海军太平洋舰队参谋长、代理司令阿瓦基扬茨少将在“瓦良格”号上举行的VIP午宴。

沿着整洁的舷梯向上攀去，我们来到了一间更为宽敞的会议室。会议室中间的长条桌上已经摆满了食物和餐具。阿瓦基扬茨少将热情地在门口迎接，同指挥员等中国海军来宾亲切握手。指挥员风趣地说：这个会议室很宽敞，与

↑ 俄海军太平洋舰队在“瓦良格”舰上举行 VIP 招待会，庆祝中国人民解放军“八一”建军节。

↗ 在甲板招待会上，查春明同俄罗斯海军太平洋舰队副司令里亚布欣少将夫妇合影。

“瓦良格”号旗舰很相称。阿瓦基扬茨少将高兴地指着舱壁上的几幅油画，向中国客人做了具体的解读。

趁着宾主就座寒暄的空当，我仔细观摩了舱壁上悬挂的几幅油画。第一幅油画是人物画像，主人公身着旧式海军服，气宇昂然。我猜想他一定是“瓦良格”号的第一位舰长鲁德涅夫上校。其他两幅油画描绘的是日俄海战的场景，从中可以看出当年海战的惨烈，“瓦良格”号的甲板上烈火燃烧，弹片四溅，身负重伤的水兵们仍在殊死搏斗。这些油画的现场感和艺术感染力非常强。

这时，俄海军太平洋舰队参谋长、代理司令阿瓦基扬茨少将起身举杯，发表热情洋溢的祝酒词：“首先，欢迎中国海军训练舰编队指挥员和各位的到来！今天是个特殊的日子，在刚刚庆祝完俄罗斯海军成立 315 周年的时候，我们又在俄罗斯符拉迪沃斯托克迎来了中国人民解放军成立 84 周年的纪念日——‘八一’建军节。让我们共同举杯，为这个特殊的日子干杯！”编队指挥员也举起酒杯提议：“为了中俄两国人民、两国海军的传统友谊世代相传，为了阿瓦基扬茨少将和在座各位的身体健康，干杯！”我迅速举起相机，连续按动快门，将这一个个具有历史意义的瞬间定格成为永恒。

10

布雷斯特发稿记

2001 年 10 月 4 日上午 10 时，中国海军访欧舰艇编队抵达法国布雷斯特港。这是中国海军访问欧洲的第 3 站，也是我随舰采访发稿最坎坷、最艰辛的一站。

布雷斯特发稿记

2001 年 10 月 4 日上午 10 时，中国海军访欧舰艇编队抵达法国布雷斯特港。这是中国海军访问欧洲的第 3 站，也是我随舰采访发稿最坎坷、最艰辛的一站。

↑ 新华社巴黎总分社的全体人员驱车 500 公里来到布雷斯特，欢迎和报道中国军舰首次访问法国。

在法国的最西端见到“娘家人”

中国军舰首次访问法国，中国驻法使馆和新华社巴黎总分社给予了高度重视，在华人华侨界引起强烈反响。尽管布雷斯特与巴黎相距500多公里，使馆工作人员还是组织了数百名华人华侨和留学生代表，专程从巴黎赶到位于法国最西部的布雷斯特港，在码头迎接来自祖国的军舰。巴黎总分社共有20名工作人员，全部参加了中国军舰访法的欢迎和欢送活动。在中国军舰访问法国的4天时间里，他们分为2批，驱车上千公里，往返于巴黎和布雷斯特之间。

在“深圳”舰到达法国之前，我与新华社巴黎总分社的摄影记者李根兴通了2次电话，得知他会随第一批人员到码头来迎接我们。当军舰快要驶抵布雷斯特码头时，我用350mm长焦镜头寻找到了他的身影。等军舰舷梯刚一搭好，我第一个走上码头与李根兴握手、拥抱。接着，根兴把我介绍给了巴黎总分社的王敬诚副社长。老王的一番话差点让我感动得掉下泪来：“我们接到总社的电报，让我们全力协助你搞好报道，有什么要求尽管讲，自家人，别客气。”

在远隔重洋的异国他乡见到新华社的“娘家人”，一股暖流涌上心头。当他们得知，我随身携带的海事卫星电话电源转换器因长时间在海上恶劣环境中使用而受潮损坏，我因照片发不出去正在发愁时，王社长和李根兴比我还急，他们说一定要在法国帮我解决这个困难。李根兴笑着对我说：“查春明，你先不要发愁，我给你带来了一点好消息。”说着便递给我一张纸条：“这是我在新华社发稿网络上调阅的你的发稿目录，从8月29日到现在，一共给你发了39张通稿照片。”

布雷斯特发稿有惊无险

4日中午，参加完上午的采访活动后，我浑身疲惫地回到“深圳”舰上，已是中午1点钟了。此时，舰上餐厅已经没有饭了，我只好用矿泉水和饼干充饥。下午3点，我还要随编队指挥吴参谋长参观法国驱逐舰，所以，一点也不敢喘息，急忙拿出新华2000图片传真机，编辑上午拍到的照片。从相机卡里调照片、配说明文字，这些工作我已经能熟练操作了，不到1个小时，6张照片全部编辑完成。

我拎起笔记本电脑和诺基亚手机来到飞行甲板，开机一试，信号很强。可是当联通 XH2000 图片传真机后，不知为什么，照片怎么也发不出去。时间一分一秒地过去了，时针很快指向了 2 点 40 分。时间不允许我再在此耽搁下去，我只好停止传稿，背起相机直奔位于几百米外的法国海军“格拉斯”号导弹驱逐舰。

下午的采访紧张、有序。当编队指挥员吴福春少将在“格拉斯”号驱逐舰的会议室落座、法方舰长开始用多媒体为中国客人介绍情况时，我的手机响了起来。李根兴在电话里急切地说；“北京总社来电话，让我们赶快把照片发回去，现在已经是北京时间晚上 9 点多了。你带好传真机，到我住的旅馆来发稿，10 分钟后我开车在军港大门口等你！”我听后不敢久留，选好角度拍了几张，就三步并作两步地赶回“深圳”号，背起传真机往大门口赶。

从码头到军港门口虽说不远，但我也走了 10 分钟。当我气喘吁吁地走出军港大门时，李根兴已经等候多时了。在车上，根兴告诉我：“由于‘9·11’事件的影响，法方对军港管理特别严，无关人员一律不准进入。虽然我有法国政府签发的记者证，但在这里并不管用。”

李根兴驾驶着法国产的“雪铁龙”轿车飞快地驶离军港，穿过一座大桥后进入市区，不一会儿就来到了他住的旅馆。这是一家典型的法国家庭式旅馆，电梯只能乘载 2 个人，这是我见到的最小的电梯。房间虽然不大，但电源和电话线路还是齐全的。

在船上发稿我已经很熟练，可是要用法国的有线电话发稿我就不知道了，只好全权交给李根兴。不料，根兴打开我的笔记本电脑一看，发现我用的 XH2000 发稿系统跟他使用的不一样，进入发稿系统的事还得由我来做。根兴把市话直拨线接在我的图传机上，设定好了巴黎总分社的图片接收号码，然后拨打号码叫“猫”，没有应答。再试，还是不行。这下根兴可急了，马上用手机向巴黎总分社的技术室求援。

经过几次反复，试用了点对点连接、手机和电子邮件发稿，都没有成功。李根兴又想出一招：把我要发的照片拷到他的电脑里，改用他的传真机发。不巧，他的笔记本电脑没有软驱，这一招又没成功。我一看表，此时已经是北京时间晚上 10 点钟了。时间不等人，我马上用手机同总社摄影部值班主任丁玫通话，请她赶快将李根兴传过去的两张照片发出，不用再等了。就这样，中国军舰到访的新闻照片总算没有耽误。

巴黎总分社紧急救援

为了解决海事卫星在海上发稿难的问题，保证中国军舰访问意大利和香港时能顺利向新华社发回传真照片，王社长、李根兴和我在布雷斯特费尽了周折，想尽了办法。

我们商定了 3 套应急方案：一是在布雷斯特市买相同型号的海事卫星电话电源转换器，这样最省时省力也最理想；二是在方法一不起作用的情况下，我和李根兴乘火车回巴黎，请分社懂技术的工程师维修损坏的电源转换器，或在巴黎购买一个相同技术指标的代用品，让海事卫星电话重新工作；三是如果我和李根兴去不了巴黎，就请巴黎总分社派人买好备品送到布雷斯特来。

10 月 5 日，是我们到访布雷斯特的第 2 天，也是最忙碌的一天。我们几乎跑遍了布雷斯特市的所有电器商店和大小超市，凭借着王社长和李根兴流利的法语，力图能找到能够使用的替代品，结果令人非常失望。不过也难怪，布雷斯特是法国最西部的城市，二战中被希特勒军队全部夷为平地，战争结束后重建，成为法国最边远的城市。它虽属法国最大的海军基地，但轻工电子产品极不丰富。

于是，我们改用第二套方案，由王社长亲自向编队指挥员吴参谋长为我请假去巴黎。没想到此事更难。由于多种原因，直到晚上 11 点，编队政工组朱副处长才正式通知我："非常抱歉，你去巴黎的事，根据有关规定编队首长没有批准。"得此消息，王社长、李根兴又亲自与巴黎通电话，协调派人来布雷斯特的事。

10 月 6 日下午 2 点，巴黎总分社工程师王先齐奉命专程从巴黎赶到布雷斯特，风尘仆仆乘车 7 个小时，一路辛苦，终于带来了用 650 法郎买的电源转换器和价值 2990 法郎、内存为 20 个 G 的笔记本电脑外置硬盘。王先齐是总

↑ 在"深圳"舰上我的住舱里，王先齐满头大汗地帮我调试着机器，保证能用海事卫星正常发稿。

社技术局图片传真处的工程师，今年5月才从国内派驻到巴黎工作。在北京时，我和先齐在工作上交往非常多。今天，老朋友能在万里之外的法国布雷斯特军港相聚，心情分外激动。

在"深圳"舰上我的住舱221室里，王先齐满头大汗地帮我调试着机器，首先要保证海事卫星能正常工作。接着，又帮我在XH2000传真机上设置了能使用国外线路向总社发稿的功能，手机发稿也调试成功，十分顺利。

在进入大风浪区之际，我发完了最后一张照片

10月7日，是中国海军舰艇编队结束法国访问、离开布雷斯特港的日子。

上午8点30分，中国驻法国使馆公使及工作人员，新华社巴黎总分社和华人华侨留学生代表，拉起"祝贺中国海军舰艇编队访问法国成功"的横幅，汇集在码头上准备为中国军舰送行。法国海军大西洋战区司令雅克·盖尔布朗中将和法国海军仪仗队，也参加了为中国军舰举行的欢送仪式。

↖ 10 月 7 日，“深圳”舰结束对法国的访问，准备驶离布雷斯特港。

↗ 欢送仪式结束后，“深圳”舰上的官兵向欢送的人群挥手致意。

清晨，从比斯开湾吹来的寒风夹杂着小雨迎面扑来，冻得码头上的人直打颤。早饭后，我得到了一个信息：法方海军向中方海军通报说，从格陵兰海域生成的低压气旋，使比斯开湾的风力加大到 12 级，军舰一出港口就会遇到大风，浪高将会达到 7 米以上。如果真是这样的话，我原先想的等军舰离港后用海事卫星在海上发传真照片的计划就会泡汤。

我不由地看了一下手表，离军舰离港的时间还有 20 分钟。我心里明白，也就是说，从现在开始，老天只留给了我 20 分钟的发稿时间，如果这 20 分钟抓不住的话，一切努力都将等于零。于是，我当机立断，返回住舱，抓起笔记本电脑和诺基亚手机就往码头上跑，一把塞给王先齐说：“赶快帮我用手机往北京发稿，军舰一离码头就来不及了！”

王先齐真是好样的，以最快的速度调试着 XH2000 传真机。没想到，在这珍贵的几分钟里，他还排除了一次“死机”故障。当先齐告诉我开始传输第 1 张照片时，码头上的欢送仪式已经开始了。我急得上蹿下跳，一会跑上舷梯拍中法海军将军握手话别的场面，一会又跑到码头上拍摄欢送的人群，还要到人群后面看王先齐的照片传输情况。

↑ 欢送仪式正在进行着，王先齐争分夺秒，以最快的速度帮我把照片传回北京。

↓ “深圳”舰就要离开码头，为了不中断发稿，我将笔记本电脑交给舰上的一名士官后继续去拍摄。

9点整，码头欢送仪式结束。当宣布记者上舰撤离舷梯时，王先齐已经开始传第2张照片了。为了不中断发稿，我一手抱着笔记本电脑，一手举着诺基亚手机跑上“深圳”舰的甲板。还好，信号没有中断，照片还在继续传着。

↑ 停靠在土伦军港里的法国海军军舰。

“深圳”舰汽笛一声长鸣，徐徐驶离布雷斯特港。欢送的人群变成了欢腾的海洋，他们用力挥动五星红旗，祝中国军舰返航途中一路平安。我站在甲板上，沉着地用手机将数码照片一张接一张地发往北京。当“深圳”舰快驶入波涛滚滚的比斯开湾时，我已将 7 张照片传输完毕。原计划中，法国海军将派一艘护卫舰引导我们出港，但因风浪太大，这艘护卫舰没有离港。

这时，天空中风雨大作，大滴大滴的雨点无情地打在身上。我急忙躲在炮架下面，用手机与北京总社通话。电话中传来摄影部值班编辑的声音：“照片效果很好，路上多保重！”我深受感动。

十几分钟后，“深圳”舰驶出布雷斯特港，驶入世界著名的大风浪区——比斯开湾。此后，我们与死神紧紧相伴了36个小时。12级的大风、9米高的三角浪，47° 的横向摇摆，差点让我们葬身于大西洋的比斯开湾，让我永世难忘。

紧邻大西洋比斯开湾的法国西部海岸。

11

南美洲见闻

1997 年 3 月 31 日，中国海军舰艇编队离开墨西哥的阿卡普尔科，于 4 月 5 日穿越赤道，进入南半球，乘风破浪驶向南美大陆。

踏访印加文化古国：秘鲁

↑ 中国军舰首次访问秘鲁，当地华人华侨万众欢腾，来到码头迎接。

1997 年 3 月 31 日，中国海军舰艇编队离开墨西哥的阿卡普尔科，于 4 月 5 日穿越赤道，进入南半球，乘风破浪驶向南美大陆。

4 月 9 日上午，“哈尔滨”指挥舰在秘鲁海军 51 号驱逐舰的引导下，驶进卡亚俄港，鸣放 21 响礼炮，秘鲁海军也鸣放 21 响礼炮致答礼。9 时 30 分，“哈尔滨”舰最先停靠码头，热情的秘鲁官兵、市民和当地华侨，在码头热烈欢迎我海军舰艇首次访问南美大陆。双方军乐队奏起两国国歌，身穿鲜艳民族服装的秘鲁民族舞蹈队演员跳起欢快奔放的舞蹈；华侨青年的狮子舞洋溢着浓浓的乡情；秘鲁海军导弹舰艇部队司令安纳亚少将、中国驻秘鲁大使任景玉等在码头欢迎我舰艇编队。我舰艇编队 810 多名官兵开始了对秘鲁为期 4 天的友好访问。

鲜血染红自由的旗帜

秘鲁位于南美洲西部，北与厄瓜多尔和哥伦比亚接壤，东与巴西和波利维亚交界，南连智利，西濒太平洋，领土面积为 128 万平方公里，相当于我国西藏自治区，在拉美居第 4 位，海岸线长 2254 公里。秘鲁是个多山的国家，山地面积约占全国面积的一半。横贯南北的安第斯山脉是世界第一大河——亚马孙河的发源地，也是举世闻名的古印加文明的发祥地。

公元 11 世纪，印第安人首先在秘鲁高原建立了印加帝国，15~16 世纪初形成了美洲三大古代文明之一的印加文明。1533 年，秘鲁沦为西班牙的殖民地，此后，秘鲁人民同西班牙殖民者进行了近 300 年的英勇斗争。1821 年 7 月 28 日，秘鲁宣布独立，1971 年 11 月 2 日与我国建交。

↖ 卡亚俄艺术家在码头跳起欢快的民族舞，欢迎中国海军舰艇编队访问秘鲁。

← 一位 93 岁的老华侨第一次看到中国军舰，激动万分。

在秘鲁访问期间，不论走到哪里，红白相间的秘鲁国旗都会映入眼帘。秘鲁共和国的国旗由 3 个相等的长方形组成，中间是白色，左右各为红色，白色长方形中间是国徽图案。据说秘鲁独立战争时期的领袖圣·马丁将军，有一次在梦中见到一只羽毛为红白两色的鸟，他认为这是自由的象征，便下令将独立义军的旗帜染成红、白两色。独立战争胜利后，它便被确定为秘鲁国旗。

秘鲁军队是在 19 世纪初反对西班牙殖民统治和争取民族独立斗争中诞生和发展起来的。19 世纪初，拉美爆发了大规模的独立战争，在圣·马丁将军率领的阿根廷和智利解放联军的支援下，秘鲁起义军解放了利马，并于 1821 年 7 月 28 日宣告独立，随后组建了陆、海、空三军部队。秘鲁宪法规定，总统为秘鲁武装力量最高统帅；最高国防决策机构为部长特别会议，其成员有全体内阁部长、三军总司令和国防部秘书长；国防部是政府的一个部，为最高军事行政机关，负责国防预算、征兵动员、民防及军工生产等；武装力量由陆、海、空三军和准军事部队组成；最高军事指挥机构为武装力量联合指挥部。秘鲁三军总兵力约为 11 万人，实行义务兵役制，士兵服役期为 2 年。

在其首都利马市的中心和卡亚俄港及海军基地，随处可见秘鲁民族英雄米格尔・格劳・塞米纳里奥将军的铜像。

格劳，生于 1834 年 7 月 27 日。他从小酷爱航海，9 岁时就开始下海，10 岁时开始驾驶帆船往返于秘鲁的帕伊塔港口和巴拿马，17 岁时已成为一个老练的海员。在连续 9 年的航海生涯中，他先后驾驶过不同种类的船只，航行到过亚洲、欧洲和北美。据文献记载，他曾驾驶捕鲸船到过香港和上海。

格劳于 1845 年加入秘鲁海岸警卫队，1855 年被授予海军少尉军衔。随后，他离开海军到商船队工作，1861 年重返海军，1863 年晋升为中尉，一年后又破格晋升为少校，1866 年晋升为中校，同年他率舰参加反抗西班牙舰队的海战。1873 年，他晋升为上校，随后担任舰队司令。从国家安全的角度考虑，他认为，只有组建强大的海军，才能保卫国家，抵御外来侵略。于是，他多次向政府提出重新组建秘鲁海军的建议。由于当时的政府未采纳他的建议，格劳一气之下，辞职回乡。1879 年，秘鲁和智利两国之间爆发了太平洋战争，格劳又被征召回海军，授予海军少将军衔，担任舰队司令和海军总司令。在战争中，他亲自率领秘鲁第一水师同智利海军交战。战争初期，由于格劳将军的正确指挥，秘鲁海军取得了辉煌的战绩，震动秘鲁全国。后来，由于双方力量对比悬殊，在安加莫斯海战中，格劳将军指挥的战舰陷入智利军舰的重围之中。1879 年 10 月 8 日，格劳将军以身殉国。

为了永远纪念这位民族英雄和秘鲁海军的先驱，秘鲁人民在首都利马市中心塑立了格劳将军的铜像，并命名为格劳广场。格劳将军成为秘鲁人民及海军的精神之魂，激励着秘鲁人民和军队为捍卫独立、建设家园而努力奋斗。

4 月 10 日上午 9 时，中国海军舰艇编队 250 名官兵怀着崇敬的心情，来到卡亚俄区的格劳将军纪念碑前，中、秘两国海军军乐队奏响的两国国歌，响彻广场上空。秘海军仪仗队持枪列队，6 名卫兵肃立在纪念碑两侧。在庄严、肃穆的气氛中，编队指挥员王永国中将、中国驻秘大使任景玉及驻秘武官，向

↑ 位于秘鲁首都利马市内的议会大厦。

↗ 秘鲁总统府前的卫兵。

纪念碑敬献花圈，表达中国海军官兵对这位秘鲁民族英雄的崇高敬意。

我眼中的秘鲁海军

秘鲁海军创建于 19 世纪初秘鲁反对西班牙殖民统治、争取民族独立的斗争中，是秘鲁武装力量中的一个独立军种。1821 年秘鲁独立时，将 10 月 8 日定为海军节。

秘鲁海军共分为 3 个舰队、海军陆战队和海军航空兵部队。目前，秘鲁海军共有兵力 2 万多人，装备各型舰艇 50 多艘。秘鲁海军的军官培训主要通过军事院校进行。其海军主要院校为海军高级军校和海军军官学校。其中，海军高级军校建立于 1930 年，系海军军官深造的学校，学制为 1 年；海军军官学校建立于 1915 年，系海军培养初级军官的学校，学制 5 年，学员毕业后授予少尉军衔，大部分分配到舰艇上任职。

应秘鲁海军的邀请，我们随中国海军官兵一同参观了秘鲁海军舰艇。我们首先登上的是秘鲁海军快速护卫舰“拉雷尔”号。舰长罗梅罗中校在舷梯口热情地迎接了我们。罗梅罗舰长介绍说，这艘由法国制造的快速护卫舰吨位为 600 多吨，长 65 米，航速 30 节，最高航速 38 节，续航力 1700 海里，1981 年服役，共有舰员 48 名，其中军官 8 名，水兵 40 名。

罗梅罗舰长引导我们来到主甲板的中部，只见 4 座导弹发射架直指海天。这种 MM38 舰舰导弹射程为 40 千米。在前后甲板各有 1 座双联装舰炮，每分钟射速达 300 发。罗梅罗舰长自豪地告诉我们，这艘军舰的一个突出特点是火控系统可以自动克服风浪的摇摆进行射击。该 VEGA 火控系统是由法国汤普逊公司制造的。

我们在甲板的上层建筑看了半天，奇怪的是怎么也找不到这艘军舰的烟囱。正当我们感到纳闷的时候，罗梅罗舰长看出了我们的心思，他笑着说："我们这艘舰是没有烟囱的。舰上有一个水下排气管道，通过一个专门的压力系统把烟压到海里。"

在参观即将结束的时候，舰长热情地邀请中国海军官兵品尝秘鲁小吃。两国海军官兵在亲切、友好的气氛中相互交流。"拉雷尔"号整洁的舰容、良好的装备及热情的官兵，给中国海军官兵留下了深刻的印象。

随后，中国海军官兵又参观了"皮萨瓜"号潜艇。这艘由德国建造的潜艇于 1984 年服役，吨位为 1185 吨，共有舰员 37 名，装备有 8 枚射程为 18 千米的有线制导鱼雷、30 个各种类型的潜艇诱饵（可通过模拟海浪和声纳波等各种信号，给敌方提供假目标，以掩护自己免受敌人攻击）。秘鲁海军拥有好几艘这种型号的潜艇。

我们最后参观的是秘鲁海军引以自豪的"梅·卡瓦哈尔"级护卫舰"比利亚维森西奥"号。这艘吨位为 2500 吨的护卫舰由意大利制造，于 1979 年正式服役。它装有 2 台燃气轮机和 2 台柴油机，最高航速 35 节。副舰长卡斯特罗带领中国海军官兵来到舰上的作战中心。在这间不大的舱室里的自动控制台上，可以汇集和处理舰上所有传感器传来的各种情报和信息，并自动控制各种武器系统。

说到武器系统，卡斯特罗副舰长向我们介绍说，舰上装备有 1 门 127 毫米舰炮，其射速为每分钟 40 发，射程为 20 海里。威力最大的是舰上装备的 8 枚"奥托马" MK2 舰舰导弹，由意大利制造，射程达 160 千米。从射程来说，它是同类型导弹中的佼佼者。舰上还装备有 8 枚"蝮蛇"舰空导弹、4 门 40 毫米舰炮，还有 6 具 324 毫米鱼雷发射管。

在后甲板，我们看到一座洞开的直升机库和平坦的飞行甲板。副舰长告诉我们，这艘舰可以搭载一架 AB212 反潜直升机。其精良的装备和舰上官兵严整的军容，令人赞叹。

秘鲁海军陪同人员告诉我们，秘鲁海军先后从意大利引进了 2 艘这种型号的护卫舰。与此同时，秘鲁卡亚俄造船厂还自行研制了 2 艘同类型护卫舰。卡亚俄造船厂也因此成为南美洲第一家有能力建造护卫舰的造船厂。在码头上，我们还看到了 2 艘万吨级的巡洋舰。据介绍，秘鲁海军还拥有 1 艘英国造的导弹驱逐舰。

在参观结束之际，中国海军官兵向秘鲁海军官兵赠送了礼品，并由衷地祝愿中、秘两国海军的友谊不断发展，祝愿秘鲁海军现代化建设取得更大进步。

源远流长的友谊

中国和秘鲁虽然远隔重洋，但两国的交往却有着悠久的历史。从秘鲁多处文化遗址发掘出来的一些陶器来看，其形制、彩绘以及雕刻艺术都和中国古代陶器极其相似。秘鲁出土的银笛，其笛管设计和笛孔距离，也同中国传统的乐器竹笛相同。1968 年，在秘鲁北部沿海发掘出一件属于前印加文化时期（公元 12 世纪以前）的陶器，上面雕刻着一尊在莲台上打坐的东方人像。这些出土文物都是秘鲁印第安文化同中国古代文化关系的有力证据。15 世纪末到 16 世纪，中国的丝绸、棉纱、瓷器等大宗商品，乘船经菲律宾横渡太平洋运抵墨西哥的阿卡普尔科，然后销往墨西哥、中美洲和秘鲁。19 世纪下半叶，数十万华工移入拉美，其中主要集中在秘鲁。

100 多年来，从华工开始到后来的陆续移民而逐渐壮大的秘鲁百万华裔，以中华民族吃苦耐劳、艰苦创业的传统精神，为秘鲁的经济、文化、政治和社会发展，做出了不可磨灭的贡献。他们中间产生了许多杰出的人才，有知名的企业家、音乐家、社会学家、经济学家，世界著名的语言学家和体育明星。1948 年，在伦敦举行的第 14 届奥运会上，秘鲁奥运历史上的第一枚金牌获得者就是华裔女射击运动员埃德温·巴斯达斯·甘。不仅如此，华裔还成为秘鲁社会政治生活中的重要组成部分，参政议政。他们中还产生了为数不少的国会议员和政府官员，其中现任国会议长维克多·许会就是华裔政治家的突出代表。

↑ 海军出访官兵在卡亚俄市游览市容。

当然，在百万华裔中也不乏立足军界的佼佼者。路易斯·卡尔西亚·王，就是第一个晋升到秘鲁海军最高阶层的华裔。他从小的志愿就是当一名海军。1953 年从当海军少尉起，他经过 32 个春秋的艰苦努力，于 1985 年 1 月晋升为海军少将，成为秘鲁海军电子和通信领域的负责人。在戎马生涯中，他不仅当过各级电子通信部门的指挥官，还在美国以及秘鲁本国的海军学校或基地任过教官。他在参谋学校读过高级海军军官班，并多次因卓越的贡献和才能而被授勋。另一位华裔将军是何塞·吉列尔莫。他 1960 年从军校毕业以后获得上尉军衔，从此开始了戎马生涯，历任伞兵教官、空降兵学校校长、空降兵第二营营长、团长、旅长、装甲兵部情报处处长、陆军副总监、武装力量联合指挥部第二司令等职务，并于 1980 年获得少将军衔。他曾在阿根廷空运部队军校和巴拿马美洲军事学校等院校深造，还曾在美洲军事学校任教。由于成绩优良、功绩显赫，他曾获得过许多奖章、勋章。

长期以来，广大华人不仅为秘鲁社会各个方面的发展做出了积极的贡献，还为推动中、秘两国友谊做出了很大努力。中、秘两国和两国人民之间的传统友谊源远流长。这种友好关系同样体现在两国海军的友好交往中。秘鲁是最早派军舰访华的国家之一。早在 1973 年，也就是中、秘两国建交的第 3 年，秘鲁海军“独立”号训练舰就曾访问过中国。现在，中国海军舰艇编队首次横跨太平洋，对秘鲁进行历史性的回访，为两国和两国海军的友好交往，书写了崭新的一页。

当中国海军舰艇编队即将抵达卡亚俄港的时候，秘鲁海军“梅·卡瓦哈尔”号护卫舰（舷号 51）专程前来迎接。我们没有想到，站在这艘护卫舰舰桥上的莫西奥舰长，就是当年跟随“独立”号舰访问中国的秘鲁军人之一。

↓ 停靠在卡亚俄港的“哈尔滨”号导弹驱逐舰。

当我们终于见到这位高大、英俊的上校舰长的时候，他热情地向我们伸出手来，握住我们的手久久不愿松开。我们吃惊地发现，他的胸前竟然佩戴着一枚中国国防大学的校徽。莫西奥自豪地指着自己胸前的校徽，向我们讲述他在中国的那些难忘的日子。

去年8月份，他曾作为秘鲁海军的优秀军官，被选派到中国国防大学进修。3个月的学习，给他留下了终生难忘的印象。他把在国防大学的学习和生活情况全都用摄像机记录下来，回国后常常放给家人和朋友们观看。他还把毕业时的照片放大挂在家里。那枚校徽，他始终佩戴在胸前。他告诉我们，在国防大学学习的日子，是他人生和军人生涯最难忘的日子，将使他受益终生。今天，作为一个曾经在中国学习过的军官，能够第一个迎接中国海军来访，他感到非常荣幸和自豪。

莫西奥告诉我们，他和中国很有缘分。他曾是第一批访华的秘鲁海军一员，又曾经到中国国防大学学习。他和他太太结婚的日子也定在中国的八一建军节。说到最后，他还兴奋地告诉我们，没想到在中国海军舰艇编队来访官兵里，竟意外地发现了他在中国国防大学学习时的老朋友——担任译员的中国国防部外事局参谋朱文军。一见到朱文军，他就一把抱住了他，连声说："这世界太小了，真没想到能在大洋彼岸再次重逢！"他骄傲地向自己的同事们介绍朱文军和自己在中国国防大学的学习经历，并一再请朱文军代他向母校中国国防大学的教师和领导们问好。他指指自己胸前的校徽，用汉语深情地说："中国，在我心里！"

在几天的访问时间里，中国海军官兵每到一处，都能见到秘鲁海军官兵和当地群众伸出拇指，用西班牙语这样呼唤我们："中国！中国！齐那！齐那！"齐那（西班牙语意为中国），成为我们听得最多的西班牙语单词。不管走到哪里，我们都可以感受到秘鲁人民和秘鲁海军官兵那像秘鲁名酒"皮斯科"一样热烈而芬芳的美好盛情。我们深深地感到，中、秘两国两军的友谊像长江和亚马孙河一样源远流长。两国海军的相互访问，在浩瀚的太平洋上，为两国和两军的友好交往，架起了一座跨越历史的友谊的桥梁。

踏访地球之角：智利

在南美大陆的最南端，绵延的安第斯山脉和浩瀚的太平洋中间，有一个国土狭长的国家。传说，当初圣母玛丽亚用泥巴捏出了美洲大陆之后，用手中最后的也是最好的一抹泥巴，信手抹在了南美大陆的边缘，这最后的一抹就形成了美丽富饶的智利。智利是最靠近南极的国家，也是离中国最遥远的国家，与北京的时差长达12个小时。

1997年4月18日至22日，中国海军舰艇编队到达了此次美洲四国五港访问的最后一站——智利的瓦尔帕莱索。我作为随舰记者，踏访这块地球之角的神奇土地。

← “哈尔滨”舰在智利军港举行升旗仪式。

↖ 智利海军为中国海军舰艇编队的到来，在码头举行隆重的欢迎仪式。

← 在码头欢迎仪式上，智利艺术家跳起欢快的民族舞蹈。

腾飞中的“铜之王国”

世界上恐怕再没有第二个国家像智利一样，在如此狭长有限的国土上拥有如此丰富的资源。智利共和国地处南美洲西南部，北接秘鲁，东邻玻利维亚、阿根廷，南与南极洲隔海相望，面积约 74 万平方公里，人口 1375 万。就在这片并不广阔的土地上，却蕴藏着占世界铜总储藏量 30%的铜矿资源。矿业因此成为智利国民经济的支柱产业。1995 年，智利的矿产品出口收入达 80 亿美元，占智利出口总额的一半。1995 年，智利铜产量达 250 万吨，占世界铜产量的 30.2%，创汇 65 亿美元。到 21 世纪末，其铜产量将达到 435 万吨，占世界铜产量的 40%以上。因此，智利获得了“铜之王国”的美誉。不仅是铜矿，智利的林业、渔业资源也十分丰富。

自70年代以来，智利执行对外开放的自由市场经济政策。1984年以来，智利经济以年平均6.5%的速度持续增长，其经济模式被世界银行和西方国家誉为拉美国家经济发展的样板。1996年，智利国民生产总值达750亿美元，人均产值达5150美元，成为拉美经济发展速度较快的新兴工业化国家，正在步入中等发达国家行列。

智利的历史可以上溯到15世纪的古印加帝国时期。当时，智利是印加帝国的一部分。1536年，西班牙殖民者从秘鲁侵入智利北部，1541年智利沦为西班牙殖民地。经过近300年的不懈斗争，智利于1810年9月18日获得自治权，1818年2月12日宣布独立，成立智利共和国。19世纪70年代，英国势力开始渗入。1879年至1883年，智利同秘鲁、玻利维亚发生争夺太平洋沿海硝石矿区的战争（也称太平洋战争），智利获胜，并占领了秘鲁的阿里卡和玻利维亚的安托法卡斯塔地区，使玻利维亚从此丧失了出海口。1932年6月到9月，智利政权一度被平民和军人联合接管，成立了为时短暂的社会主义共和国。1973年9月，智利军警发生政变，陆军司令奥古斯托·皮诺切特出任立宪总统。1990年3月11日，艾尔文总统就职，结束了智利长达16年的军人统治。1970年12月15日，智利与我国建交，是最早和我国建交的南美国家。

智利首都圣地亚哥地处智利中部，面积15718平方公里，海拔556米，东望安第斯山脉，西靠海岸山脉，是智利的政治、经济、文化和交通中心，下辖30余个区，人口568万，约占全国人口的40%。圣地亚哥气候宜人，夏季温和干燥，冬季凉爽多雨。驱车出城，40分钟就可上山滑雪，不到一个半小时又可到海边休息。所以，虽然是位于世界最南端的首都，游人却长年络绎不绝，世界各主要航空公司均有航班抵离。

圣地亚哥市建于1541年2月12日。最初，西班牙殖民者瓦尔迪维亚从现在市中心边沿的圣卢西亚小山开始建城。经过450年的变迁，圣地亚哥逐步成为一个中等规模的现代化的美丽城市。走在圣地亚哥街头，奥希金斯大街林荫大道横穿东西，泛美公路纵贯南北，具有西班牙风格的古老建筑与现代化的高大楼房交错相映。位于市中心的8个街区集中了主要的政府机关和金融商业机构。

在市中心的中央广场周围，矗立着市政府、大教堂、中央邮局和国家历史博物馆等大型建筑。位于宪法广场的总统府莫内达宫庄严肃穆，象征着政府

俯瞰智利首都圣地亚哥。

的权威。今天正好是星期天，当我们来到位于市中心的兵器广场时，智利陆军军乐队正在为公众演出。在悠扬的乐曲声中，一群群鸽子在休闲的人们脚边觅食，天真烂漫的孩子在鸽群中嬉戏，一派祥和、宁静。

我们驱车爬上海拔 860 米的圣克里斯托瓦尔山。在这座占地面积为 7.12 平方公里的首都公园内，设有动物园、文化之家、游泳池等游览场所，乘缆车或驱车登山俯瞰，全城景色尽收眼底。圣克里斯托瓦尔山的山顶耸立着一尊高达 14 米的圣母塑像，重 36.5 吨，是圣地亚哥市的主要标志。圣母像下的天主教堂里传出了一阵阵善男信女吟诵赞美诗的声音。年轻人骑着山地车从山顶风驰电掣般沿着曲折的山路一闪而过。从山顶放眼望去，不远处是巍峨的安第斯雪山，一条云带缠绕山腰，与山脚下的圣地亚哥城构成一幅壮美的画卷。

中国海军舰艇编队抵达的港口城市瓦尔帕莱索，是智利的第一大港口城市，距离首都 119 公里，人口 28.8 万。它是智利议会所在地，也是第五大区首府，位于太平洋瓦尔帕莱索海湾南畔，东部和南部被海岸山脉环绕，城市宛如一轮明月，镶嵌在大海和高山之间 8 平方公里的狭长地带上。

瓦尔帕莱索在西班牙语里的意思是“天堂谷地”。这里气候宜人，风光明媚，登高望远，心旷神怡。该市为西班牙殖民者创建，至今已有 350 多年的历史。漫步在瓦市老城的石板路上，古色的酒吧，陈旧的教堂，狭窄的街巷，至今遗留着殖民时期的风貌。瓦市漫长的发展历史，也记载着令人痛苦的经历。海盗掠夺，地震破坏，给这座美丽的海滨城市留下了斑斑裂痕。它曾遭受过 4 次大地震，其中，1905 年的地震几乎将城市夷为平地。

瓦市优越的地理位置，使其成为智利最早的贸易港口。在巴拿马运河开通前，瓦市港口可与美国的旧金山媲美，素有“智利门户”之称。如今，瓦市仍是一颗智利港口明珠。其港口面积有 36 万平方米，拥有 2000 多米长的停泊码头，年吞吐量为 300 多万吨，约占全国的 1/4。站在开阔的港湾边，坚固的防波堤，现代化的装卸设备，万吨巨轮穿梭往来，码头上集装箱堆积如山，呈现出一派现代化海港的繁忙景象。它既是智利对外经济发展的象征，也是瓦市人民的骄傲。

紧邻瓦市的维尼亚德尔马市，与瓦市就像一对连体儿，两座城市之间几

↑ 智利首都圣地亚哥的地标——花钟。

乎没有分界线。一条宽阔的海滨公路和一条电气化铁路，将两座城市紧紧相连。维市始建于 1875 年，人口 30 多万。维尼亚德尔马在西班牙语里的意思是“海上葡萄园”。漫步城中，花团锦簇，绿树成荫。海边，高楼林立，碧海漪涟。在城边一座巨大的花圃里有一座鲜花围绕的巨钟，是这座美丽城市的独特一景。仿中世纪的青铜马车载着来自世界各地的游客，饱览这座花园城市的秀丽景色，更为城市增加了一番诗情画意。

维市是南美洲太平洋沿岸著名的旅游城市，海滩平坦细匀，游览设施齐全，每年要接待十几万国内外的游客。许多来自阿根廷的游客常常驱车穿越安第斯山来这里欢度周末。

从耸立在海边的望海楼举目眺望，美丽的海滨景色尽收眼底。城中的国际娱乐场，被誉为智利的“蒙特卡罗”，全年开放。依山而建的露天剧场可容纳万名观众，每年都要在这里举行高水平的国际歌咏比赛，为该市更添生气。

古老的卡拉斯科庄园，被市政府辟为“文化之家”，法国著名雕塑家罗丹的作品——英雄纪念碑与其翘首相望。每到旅游季节，剧院、赌场、酒吧和夜总会人满为患，以海鲜美肴为特色的餐馆也时常座无虚席，政府从中获得可观的财政收入。走过这几座城市，处处都能感受到这个国家蓬勃发展的生机和活力。

拉美劲旅——智利军队

智利具有重要的战略地位，位于其南部的麦哲伦海峡、比格尔水道和德雷克海峡是连接太平洋与大西洋的重要航道。智利于 1810 年 9 月 19 日建立陆军，1813 年建立海军，1818 年建立国家舰队。智利空军的前身是陆军航空兵。1930 年 3 月 21 日，其空军成为独立军种。第二次世界大战后，智利逐步成为拉美军事强国之一。

智利军队创建初期受西班牙影响较深，19 世纪下半叶至第二次世界大战前，受德国、英国影响较深。1886 年，陆军以德军为模式，实行征兵制，建立军官学校。智利海军、空军均由英国军事使团协助组建和训练。第二次世界大战之后，美国取代了德、英在智利军队中的地位。1947 年智利加入“美洲国家军事体系”，1952 年智、美签署了《双边军事援助协定》。据此协定，美在智利派有常驻陆军、海军、空军使团，提供军援和人员培训。从此，美军的战术思想和军事训练在智军中开始占主导地位。

智利军队历史悠久，训练有素，实力较强，历史上曾两次战胜邻国秘鲁和玻利维亚。1836 年，智利与秘鲁、玻利维亚两国交战，反对建立秘、玻联盟。1839 年，秘、玻同盟国败北。1879 年至 1883 年，智利又同秘、玻两国发生争夺太平洋沿岸硝石矿区的“太平洋战争”，智军再次获胜。

起初，智利实行义务兵役制，应征对象为年满 18 岁的男性公民，妇女可以自愿服役，陆军、海军、空军的服役年限均为一年。从 1997 年开始，智利实行义务兵和志愿兵相结合的兵役制，适龄青年先自愿报名服兵役，如名额不满再按义务兵征集。后来，智利军队实行职业军官和职业军士制度，军官和军士工作满 20 年后可享受退役金。

智利十分重视军队院校的建设和军官的培养。智军规定，校级以下的军官必须是军校毕业生，将军必须是战争学院毕业生。各军种都有较完整的院校体系和管理机构。目前，智利三军共建有院校 28 所。

智利国土狭长，拥有一万多公里长的海岸线。因此，建立强大的海军是智利捍卫国家领海和主权的重要保障。长期以来，智利十分重视海军的建设和

↑ 设立在瓦尔帕莱索海军广场上的智利海军司令部。

发展。目前，海军拥有各类舰只近百艘，其中有英国制造的导弹驱逐舰和护卫舰，以及德国和英国生产的潜艇。训练有素的官兵和良好的装备，使智利成为拉美地区的海军强国之一。

我们所访问的瓦尔帕莱索不仅是智利重要的商业港口，同时也是其重要的海军基地，是智利海军司令部和第一海区司令部所在地。海军的三所院校也分别设立在瓦市和维市。

访问期间，中国海军舰艇编队指挥员王永国中将，登上了作为智利国家舰队司令旗舰的州郡级“拉托雷”号驱逐舰，拜会了智利国家舰队司令斯维特少将。在上层甲板，智利海军举行了庄重的欢迎仪式。海军军乐队奏起欢迎曲，仪仗队员持枪致敬。双方在舰艏斯维特少将宽敞的会客室里进行了简短的会谈，并互赠礼品。这艘由英国制造的大型驱逐舰，满载排水量为6200吨，航速30节，装备有4枚MM40飞鱼舰舰导弹、2门115毫米舰炮，可搭载1~2架舰载直升机。其全封闭式的舰体，看起来高大、壮观。

中国海军官兵应邀登上了两艘智利海军“利安德”级护卫舰参观。这种英国制造的护卫舰排水量为2900多吨，航速29节，装备有4枚MM40飞鱼式舰舰导弹、海猫式舰对空导弹，搭载1架法国产舰载直升机。陪同参观的智利海军军官从舰艏到舰艉，向中国海军官兵简要介绍了军舰的有关情况。智利军舰整洁的舰容和良好的装备，给我们留下了深刻的印象。

忠勇将士书写辉煌战绩

4月20日上午9时30分，在位于瓦市中心索托马约尔广场上的伊基克海战英雄纪念碑前，中、智两国国歌在广场上空回荡。两国海军官兵肃立在高大的纪念碑前，注视着编队指挥员王永国中将等人缓步走向纪念碑，将插满鲜花的花圈敬献在纪念碑前。花圈中间用鲜花组成中国海军军徽，缎带上写着“献给智利民族英雄”，表达了中国海军官兵向为国捐躯的智利海军英雄们的深深敬意。

纪念碑中部雕刻着在伊基克海战中牺牲的塞拉诺中尉、里克尔梅准尉、阿尔德亚中士和无名水兵的塑像。最顶部是普拉特中校的青铜雕像，他左手持智利国旗，意味着为祖国捐躯；右手拿着脱鞘的指挥刀，表示战无不胜的战斗精神。这栩栩如生的雕像把人们又带回到19世纪那场惨烈的海战中。

伊基克海战发生在19世纪智利与秘鲁、玻利维亚进行的“太平洋战争”期间。1879年5月21日清晨，智利海军“埃斯梅拉达”号和“科瓦东加”号军舰在执行封锁伊基克港任务时，遇到秘鲁海军“瓦斯卡尔”号旗舰和“独立”号护卫舰。由于双方战舰装备火力悬殊，交战中“埃斯梅拉达”号中弹，“瓦斯卡尔”号铁壳舰与“埃斯梅拉达”号发生撞击。此时，舰长普拉特高呼：“跳帮，小伙子们！”紧接着，他跳上“瓦斯卡尔”号甲板，向指挥塔冲击，阿尔德亚军士紧随而上，两人都不幸中弹倒地。副舰长乌里维上尉继续指挥，力图避开“瓦斯卡尔”号的第2次撞击。塞拉诺中尉命令“跳帮”，并率领12名水兵跳上敌舰甲板，但他们一个接一个地饮弹倒下了。“瓦斯卡尔”号第3次撞上了“埃斯梅拉达”号，后者开始慢慢下沉，但舰上水兵继续英勇战斗。中午12时10分，经过4个小时的激战，里克尔梅准尉打出最后一发炮弹，“埃斯梅拉达”号沉入海底。这次战斗，有140人英勇牺牲，充分表现了智利海军官兵忠于祖国、英勇作战的战斗精神。

为纪念在这场海战中牺牲的英雄们，智利议会于1879年9月15日颁布法令，修建伊基克海战英雄纪念碑。1885年9月18日，由当时的总统多明戈·圣马利亚主持奠基仪式。该纪念碑由建筑师乌利塞设计并负责施工，雕塑家普埃奇等人负责群像设计，于1886年5月21日正式落成。纪念碑矗立在瓦尔帕莱索市中心、智利海军司令部所在的索托马约尔广场，背后是海港民用码头。纪念碑高19米，底座由石头砌成，是海战英雄的墓穴，埋葬着“太平洋战争”期间牺牲的22名烈士的骨灰。

位于瓦市五月二十一日大道上的智利海军博物馆里，至今还陈列着在那场海战中牺牲的普拉特中校在海军学校学习期间穿过的校服、他牺牲时的遗物以及从海底打捞上来的“埃斯梅拉达”号的残片，生动地展现了这位海军舰长和其他28位在那场海战中为国捐躯的海军将士的英雄形象。

漫步在博物馆的9个展厅中，通过图片、油画、军服、兵器、勋章、模型、鱼雷、水雷和大炮等展品，观众可以在奥希金斯厅中了解智利国父奥希金斯将军创建智利第一支海军舰队和第一所海军学校的历史；在光荣厅内的彩色玻璃窗上，智利海军历史上3位杰出海军将领的形象栩栩如生，呼之欲出；科克伦厅再现了科克伦这位杰出的海军将领，从强大的西班牙皇家海军手中夺取制海权的光辉业绩；布兰科厅描绘了布兰科这位著名的海军部长，在智利海军建设史上的远见卓识；赞颂厅使观众回想起1886年西班牙皇家海军对瓦尔帕莱索

↓ 位于瓦尔帕莱索市中心海军广场上的伊基克海战英雄纪念碑。

↑ 智利海军博物馆。

市的狂轰滥炸，和智利人民抗击西班牙殖民者的英雄业绩；太平洋海战厅和普拉特厅，缅怀了 1879 年“太平洋战争”惊心动魄的场景，记录了海战英雄普拉特中校的英雄形象。这座著名的海军博物馆，展示了智利海军从 1818 年至 1879 年的发展历史，成为了解智利海军史和航海史、缅怀智利海军英雄人物的一个窗口。

对智利短短 4 天的访问很快就结束了。4 月 22 日，编队驶离美丽的瓦尔帕莱索港。至此，中国海军舰艇编队圆满结束了对美洲四国五港的具有历史意义的访问，满载着美洲四国人民和军队的友谊，踏上了返回祖国的航程。这次出访时间长达 100 天，航程长达 2.4 万多海里，并首次成功地横跨太平洋，创造了中国海军出访人数最多、出访时间最长、航程最远、访问国家最多的历史记录，向世界展示了我人民海军威武之师、文明之师、和平之师、友谊之师的崭新风貌。

踏访“加勒比海明珠”：哈瓦那

加勒比海是位于南美大陆、安的列斯群岛、中美洲地峡之间的陆间海，面积275.4万平方公里，是世界上最大的内海，位于大西洋西部边缘。

加勒比海以印第安人部落族命名，意为“勇敢者”或是“堂堂正正的人”，被誉为“美洲地中海”。

这片神秘的海域，碧海蓝天，阳光明媚，海面水晶般清澈。17世纪的时候，这里就是来自欧洲大陆的商旅舰队到达美洲的必经之路。

加勒比海也是沿岸国家最多的大海。在全世界50多个海中，沿岸国达到两位数的只有地中海和加勒比海两个。地中海有19个沿岸国，而加勒比海有20个。

记忆中的哈瓦那

当地时间10月21日上午10时，“和平方舟”号医院船通过巴拿马运河成功跨越加勒比海后，抵达古巴首都哈瓦那，开始为期5天的友好访问。这是中国海军舰艇首次到访古巴，也是“和平方舟”号出访拉美四国（古巴、牙买加、特立尼达和多巴哥、哥斯达黎加）的第1站。

↑ “和平方舟”号医院船停靠在古巴首都哈瓦那港。

↑ 古巴海军仪仗队员身着全白礼服持枪列队，欢迎中国海军首次来访。

↓ 古巴军人参观“和平方舟”上的舰载医疗救护直升机。

“和平方舟”号这次访问的国家均分布在加勒比海沿岸。这些国家风格各异，风光绮丽，各具特色。然而，给我们留下最深印象的，还是古巴的首都——哈瓦那。

在古巴海军导弹快艇和巡逻艇的引导下，“和平方舟”号缓缓驶入哈瓦那港。古巴海军副司令佩德罗·罗曼上校、中国驻古巴大使刘玉琴及使馆工作人员、中资机构和留学生、华人华侨代表拉起横幅、挥舞五星红旗，在码头迎接。古巴海军仪仗队员身着全白礼服持枪列队，欢迎中国海军首次来访。

古巴共和国，是美洲加勒比海北部的一个群岛国家，位于美国佛罗里达州以南、墨西哥尤卡坦半岛以东、牙买加和开曼群岛以北、海地和特克斯与凯科斯群岛以西。

首都哈瓦那，是古巴的政治、经济、文化和旅游中心，也是西印度群岛中最大的城市和世界上最美丽的城市之一，有“加勒比海的明珠”之称。

我在很小的时候，就会唱《美丽的哈瓦那》这首歌。记得当时，这首旋律优美、朗朗上口的歌曲几乎家喻户晓，人人会唱。从那时起，我就对哈瓦那产生了美好的憧憬。在哈瓦那访问的5天时间里，我怀着好奇之心，从一名摄影者的视角，对这座古老的城市进行了全景式的“扫描”，想亲手揭开她那美丽而神奇的面纱。

莫罗·卡瓦尼亚城堡

为了能更好地拍摄哈瓦那全景，我选择了一个制高点——莫罗·卡瓦尼亚城堡。它位于哈瓦那著名的海滨大道东端的一座临海小山上，占地0.11平方公里，是美洲最古老、规模最大和保存最完好的古代防御性建筑之一。

16世纪的时候，为了抵御英国、法国、荷兰等国海盗的侵袭，西班牙国王下令修筑莫罗城堡，居高临下，紧紧扼住哈瓦那港的入海口。

18世纪时，一个莫罗城堡已经不能满足驻军的需要了，于是又建了卡瓦尼亚城堡。现在看来，这两座姊妹城堡带有强烈的意大利和法国建筑风格，或许，它们当年是由意大利和法国建筑师建造的。

为了选取不同的时间和光线，在新华社拉美总分社驻古巴摄影记者张泳

莫罗·卡瓦尼亚城堡，坐落在哈瓦那一座临海的小山上，是美洲最古老、规模最大和保存最完好的古代防御性建筑之一。

↑ 有着 380 多年历史的莫罗·卡瓦尼亚城堡就像一个世纪老人，与哈瓦那市区隔海相望。

的陪同下，我们两次驱车来到这里进行拍摄。在上午和下午这两个时间段里，从加勒比海飘浮过来的白云大有不同，在阳光的照射下，会产生不同的立体效果，将哈瓦那衬托得更加美丽。

在构图取景中，我将莫罗城堡作为前景，对面的哈瓦那新城区与之隔海相望，就像一名百岁老人正在与对岸的年轻人默默地对话，并注视着他的成长和历史变迁。画面中蓝天白云与深蓝色的加勒比海遥相呼应，给这座历史名城增加了一种厚重感。

就在这时，几名当地的年轻姑娘来城堡游玩，当得知我要给她们拍照时特别高兴，在镜头前摆出非常自然的姿势，一举一动都充满着古巴人的浪漫风情，为照片增添了美感和活力。

↑ 哈瓦那 200 多万人口中，混血占 22%。这些在莫罗城堡游玩的当地人，热情奔放，充满活力。

哈瓦那老城：建筑艺术的宝库

哈瓦那分为旧城和新城两部分。哈瓦那老城，是每一个到访古巴的摄影人必去的地方。我将佳能 EOS-1D Mark Ⅳ机身配上 28mm-300mm 镜头，徜徉在哈瓦那的老城，随手抓拍着自己感兴趣的场景。

哈瓦那城是历史遗产被保存得最好的美洲城市之一，具有现代与历史融合而成的魅力。哈瓦那老城位于哈瓦那湾西侧的一个半岛上，面积不大，街道狭窄，至今还留有许多西班牙式的古老建筑，是总统府所在地，大部分华侨也集居于此。哈瓦那老城是建筑艺术的宝库，拥有各个时期不同风格的建筑，1982 年被联合国教科文组织列为“人类文化遗产”。新城濒临加勒比海，建筑整齐美观，有豪华的旅馆、公寓、政府机关大厦、街心花园等，是拉丁美洲著名的现代化城之一。

个 哈瓦那分为旧城和新城两部分，这是从海上看到的哈瓦那新城区。

穿行在老城街道上，我心中别有一番感慨：这里的居民住宅、古老教堂、街道、广场、咖啡屋、剧院、喷泉和城堡，都是用石块砌成的。尽管街道有些狭窄，两旁的房屋有些破旧，路上跑的老爷车缺乏现代感，人们的穿戴看起来并不富有，但我能从中感受到一种古巴特有的民族特色和历史文化。

我还能感受到，古巴的首都哈瓦那，就如同中国的首都北京一样，代表着一个国家的历史文化和民族精神。因为，在当今世界为数不多的社会主义国家当中，古巴能以自己坚强的毅力坚守在美国的“后院”，本身就说明着一些耐人寻味的问题。

目前，古巴在国家计划经济配给制的基础上，也开始借鉴中国的做法，尝试进行经济改革。如，允许个体经营，理发店可以被个人承包，市民可以购买个人住房。我曾探访了码头边的一个工艺品市场。这里的生意非常热闹，和中国的工艺品市场没有两样，其形式全部为个体经营。

↑ 哈瓦那的社会治安是拉美国家中最好的，当地人淳朴善良，热情好客。

↓ 哈瓦那以东 140 公里的巴拉德罗海滩，是世界上最美丽海滩之一，也是古巴热带风情著名的旅游区。

参观海明威故居

我们还驱车参观了海明威博物馆——维希亚庄园。维希亚庄园位于哈瓦那以东大约 15 公里处，占地 0.04 平方公里。它是美国著名作家海明威在古巴生活最后 22 年的居所。海明威名著《老人与海》《丧钟为谁而鸣》，就是在这里完成的。1961 年，海明威去世后，故居被妥善保护起来，1962 年成为海明威博物馆，共保存了 2.2 万余件海明威遗物。

通过实地参观我才发现，其实海明威不仅仅是位诺贝尔文学奖获得者、著名作家，他还是位庄园主，兴趣爱好非常广泛。除了喜欢写作之外，他还喜

↓ 海明威博物馆——维希亚庄园，是海明威在古巴生活最后 22 年的居所，名著《老人与海》就是在这里完成的。

欢航海、游泳、狩猎，喜欢大自然的一切美好的东西。于是，在海明威故居，我用相机记录下了我的新发现。

在哈瓦那访问的5天里，我手中的相机从白天到夜晚几乎没有停歇，因为，作为一名军事摄影记者能到古巴来，机会实在难得。从高层拜会，到中古海军官兵间的友好交往，再到哈瓦那民间的百姓生活，都被我定格在了数码相机的方寸之中。哈瓦那之行，让我大获丰收。

→ 查春明在海明威故居与海明威画像合影。

12.

海外奇遇

2001年10月7日，中国海军出访欧洲舰艇编队结束对法国布雷斯特的友好访问，顶着狂风巨浪，驶向具有“世界海洋死亡之角”之称的大西洋比斯开湾。

经过6天的连续航行， 2001年10月13日，中国海军舰艇编队驶抵意大利拉斯佩齐亚港。中国驻意大利使馆工作人员和旅居意大利的华人华侨、中国留学生上千人在码头迎接。

2010年10月15日，“和平方舟”医院船停靠在肯尼亚蒙巴萨港。我们一起驱车去100公里以外的马林迪，寻找600年前郑和船队留下的遗迹。

2010年10月19日，“和平方舟”号医院船驶抵坦桑尼亚首都达累斯萨拉姆港。码头上彩旗招展，锣鼓喧天，坦桑尼亚中华总商会会长、侨领朱金峰指挥欢迎人群齐呼口号。

卡谢夫上尉，是一名巴基斯坦海军军官，负责巴海军对外军事交往的外事工作。在“广州”舰卡谢夫的住舱里，他认真地对我说：“我的奋斗目标是要当舰长。”

经过惊心动魄的艰难航行，中国海军出访舰艇编队530名全体将士，终于战胜了持续两天一夜的惊涛骇浪，进入西班牙佛尼斯特角，开始沿着西班牙西海岸航行。这次行动创下了中国海军舰艇编队战胜12级特大风浪的历史记录，也在我的军旅生涯中写下了重重的一笔，增加了一次作为军事记者特有的人生体验，让我终生难忘。

勇闯大洋的“深圳”舰和“丰仓”舰。

虽然我们战胜了比斯开湾的12级特大风浪，死里逃生，但是，令人遗憾和痛心的事情还是发生了：在中国海军舰艇编队穿越比斯开湾期间，法国海军非常担心，曾派出一架直升机飞往比斯开湾海域上空寻找中国海军军舰，由于气象恶劣，直升机在返航途中不幸机毁人亡。

拉斯佩齐亚的“中国潮”

2001年10月，作为新华社随舰摄影记者，我随身携带了新华社为我配备的2台佳能EOS-1N机身和1台佳能EOS-D30数码相机，5只专业佳能镜头，同中国海军舰艇编队首次出访欧洲，有幸踏访了意大利这个古老而文明的地中海国家。

自从我国实行改革开放以来，中国经济发展，政治稳定，社会进步，综合国力明显提高。欧洲许多国家的海军也开始注意加强同中国海军的交往。意大利军舰曾3次来华访问，来访军舰6艘，官兵达1700多人。

2001年10月13日，中国海军访欧舰艇编队经过6天的连续航行，战胜了大西洋比斯开湾的12级风浪，终于抵达了出访欧洲四国的最后一站——意大利拉斯佩齐亚港，进行为期4天的首次友好访问，同时也是中国海军对意大利海军的回访。

拉斯佩齐亚位于意大利半岛西北部、利古里亚海东北岸，是意大利中北部港口城市，景色秀丽，人口12万。其工业以造船、炼油和机械为主，为意大利的煤、石油和天然气进口港和主要的海军基地。

上午10时，中、意两国海军互致21响国家礼炮。在意大利海军“狙击手”号导弹护卫舰的引导下，“深圳”号导弹驱逐舰和“丰仓”号综合补给舰满旗高挂，徐徐驶抵意大利最大的海军基地——拉斯佩齐亚军港。

潮起拉斯佩齐亚军港

秋季的拉斯佩齐亚碧空如洗，群山环抱中的军港犹如一幅壮丽的图画。我站在“深圳”舰的最高处，用相机不停地抓拍眼前的美景。当军舰快要驶抵码头时，一幅鲜艳醒目的大横幅——热烈欢迎中国海军舰艇编队访问意大利，跃入了我的 350mm 长焦镜头。

在码头上欢迎的人群有上千人，除了意大利海军仪仗队和军乐队外，中国驻意大利使馆工作人员和旅居意大利的华人华侨、中国留学生站满了整个码头。他们手持鲜花和五星红旗欢呼雀跃，脸上露出发自内心的笑容。一条长长的“巨龙”随着强劲的鼓乐在码头上腾跃，拉斯佩齐亚军港成了一片欢腾的海洋。

↑ 2001 年 10 月 13 日，“深圳”舰战胜比斯开湾 12 级风浪，抵达意大利拉斯佩齐亚港。

↑ 停靠在意大利拉斯佩齐亚港的“深圳”号导弹驱逐舰。

在欢快的军乐声中，“深圳”舰首先抵靠码头，欢迎的人群如潮水一样涌来。人们激动地挥动着五星红旗，伴随着军乐高唱着《歌唱祖国》：“五星红旗迎风飘扬，胜利歌声多么响亮；歌唱我们亲爱的祖国，从今走向繁荣富强……”军舰上的出访官兵和码头上的华人华侨在乐曲声中形成了一个整体。在军乐团长的指挥下，这震撼着每一个中国人心灵的歌声，响彻在拉斯佩齐亚军港的上空。“中国万岁！”“中国海军万岁！”欢呼声此起彼伏，许多人脸上都挂着激动的泪水。

意大利海军在码头上举行了隆重的欢迎仪式。当中国海军舰艇编队指挥员吴福春少将、副指挥员朱瑞云、么志楼大校和“深圳”舰舰长李晓岩、“丰仓”舰舰长高凤来走下舷梯时，意大利海军特混舰队司令皮罗准将、拉斯佩齐亚副市长路易吉·梅洛、中国驻意大利大使程文栋迎上前去互致问候，对中国海军访问意大利表示热烈欢迎，并对中国军舰在来访途中战胜比斯开湾 12 级风浪表示由衷的敬佩。华人华侨代表还向编队指挥员赠送了鲜花、花篮和写有“保卫中华 扬我国威”的大幅书法作品。

↓ 上千名华人华侨手持五星红旗欢呼雀跃，拉斯佩齐亚港成了一片欢乐的海洋。

一位华侨找到我，说："那位打鼓的老华侨名叫胡建欧，今年已经81岁了，听到祖国亲人要来的消息后，不顾年迈，说什么也要亲自来。米兰离这有400多公里。老人家和我们年轻人一样，凌晨1点多就出发，坐了半夜的车才赶到这里，请你一定为他拍张照。"面对如此令人敬重的老华侨，我激动得说不出话来，只有不停地按动着手中的相机快门。

在流动的国土上

欢迎仪式结束后，中国军舰开始接待公众参观。700多名华人华侨代表和中国留学生兴高采烈地登上了"深圳"舰。一踏上来自祖国的军舰，久居海外的华人华侨激动万分，热泪盈眶。他们纷纷拉住水兵的手，就像见到了久别的亲人一样，倾诉着自己的心里话，并同他们合影留念。

历史文化名城佛罗伦萨，是欧洲文艺复兴的发源地，也是华人华侨聚居的地方。这里有一所专门为华人子弟开办的学校。为了让在意大利出生的华侨后代了解祖国，学校专门租用了2辆大巴车，凌晨3点就出发。师生们到达拉斯佩齐亚时，天还未亮，他们就在车里耐心等候着中国军舰的到来。

当几十名孩子终于登上"深圳"舰时，编队指挥员吴福春将军激动地对大家说："同胞们、孩子们，军舰是流动的国土，你们踏上了祖国的军舰，就等于踏上了祖国的领土。"

金东林先生是意大利西部地区六省一市华人华侨联谊会会长、意大利华侨华人友好协商会名誉主席、意中友好协会理事，祖籍浙江青田。他激动地告诉我："我是9月份接到中国军舰要来意大利访问的消息后，专门从国内赶回来的。当时我正在国内进行商务考察，中国驻意大利总领馆通知我赶快回来，负责组织华人华侨欢迎中国海军来访的活动。10月6日我回来后，感到责任重大，向广大侨胞做了宣传。没想到通知发出后，侨胞们都踊跃报名参加欢迎仪式，大大超过了原定的人数。"

当我让这位华人领袖谈一下中国军舰来访的感受时，他顿时神采飞扬："中国军舰访问意大利史无前例，我们居住在意大利的中国侨胞感到无比的光荣和自豪。我来到意大利已经有 30 多年了，看到我们有这么先进的军舰，我们对祖国又有了新的认识。意大利有 20 多万华人华侨，意大利西部六省一市有 3 万多华侨。祖国军舰来访确实让我们扬眉吐气，提高了华人华侨的社会地位。”

“深圳”舰上巧遇“泰山”

在“深圳”舰的前甲板上，一幅写有“《欧洲侨报》欢迎您——祖国最可爱的人”的大红横幅格外引人注目。经交谈得知，这是 10 余名来自《欧洲侨报》的编辑记者，专程从几百公里以外的米兰赶来，为欢迎中国军舰而制作的。该报总编蒋明先生亲自率队，他高兴地对我说：“为了欢迎祖国军舰，大家兴奋得几乎一夜没睡觉，凌晨 2 点就往这里赶。虽然一夜没睡，大家依然精神饱满。”

他还带来了 10 月 5 日出版的《欧洲侨报》，在第一版的显著位置刊登了他署名“泰山”的消息：《中国海军舰艇编队将访问意大利》，并配发了我拍的一张中国海军访问英国的新闻照片。

↓ 10 月 17 日，蒋明拿着刚出版的《欧洲侨报》来到码头，祝贺中国军舰访问成功。

↑ 查春明在“深圳”舰上巧遇“泰山”（蒋明）。

当我告诉他这张照片是我拍的时，蒋先生兴奋不已，连忙叫来了他的同事，让大家共同分享这意想不到的快乐。原来，这张照片是他从新华网上下载的。一个多月来，他一直通过新华网和中华网上的消息，以极大的热情关注着有关中国军舰访问欧洲的行程和信息。他告诉我，七八十年代，他曾在山东青岛海军航空兵水上飞机部队服役。10 多年的部队生活，不仅使他经受了锻炼，受益匪浅，还对他的人生产生了重要的影响。因此，他对中国海军有着割不断的情感。只身出国闯天下后，为了勉励自己不怕困难永远坚强，又因为自己出生在泰山脚下，特将中国的东岳“泰山”作为自己的笔名。

当天中午，蒋明又带领大家驱车返回米兰，赶回去编发下一期报纸。《欧洲侨报》是意大利三大华文报纸之一，其余两家华文报纸分别为首都罗马的《新华时报》和佛罗伦萨的《欧华时报》。

《欧洲侨报》的读者为全欧洲的华人华侨，现已向意大利、德国、法国、荷兰、比利时、奥地利、瑞士、西班牙等欧洲国家全面发行。该报纸不断地将祖国改革开放建设的新成果，介绍给旅居海外的炎黄子孙，在意大利华侨界颇有影响。

10 月 17 日，是中国海军舰艇编队结束意大利访问离开拉斯佩齐亚的日子。一大早，我就在欢送的人群中发现了“泰山”的身影。只见他手里拿着一大摞 16 日刚出版的《欧洲侨报》，正在分发给舰上官兵和华人华侨。

“泰山”也发现了我，急忙递给我一份报纸。报纸上头版头条红色标题赫然醒目——《伟大的创举 辉煌的一页 闪光的航迹 和平的心声》。“泰山”在这篇文章中，以高昂饱满的激情，向读者报道了中国海军舰艇编队访问意大利的消息，和中国军舰到达拉斯佩齐亚港当天的盛况。

文章最后说：“国力强大看海军，海军发展看军舰。中国海军‘直挂云帆济沧海’，不断向远海大洋延伸航迹，不断揭启蓝色文明的辉煌，不断向世界人民传递友好与自信的信息。海外的华人永远心系祖国，祖国的光荣就是我们的自豪，愿祖国更加强盛，愿世界充满和平！”字里行间浸透着海外赤子的拳拳爱国之心。

“长城酒楼”成为“中国水兵之家”

在拉斯佩齐亚的每一天，几乎每一名出访官兵都感受到了来自华人华侨的关怀和帮助。在拉斯佩齐亚市中心的繁华地带，有一家取名为“长城酒楼”的华人餐馆。餐馆的主人是来自中国浙江青田的季小欧和麻春莲夫妇。今年 37 岁的季小欧在 1988 年时离开家乡，来欧洲艰苦创业 13 年。太太麻春莲则 10 岁时随父母来到意大利，至今已经 20 年了。两人都说着一口流利的意大利语，待人和蔼，彬彬有礼。

在这条著名的步行街上，商店一家挨着一家，是水兵们上街购物必去的地方。远远望去，一块“长城酒楼”的招牌和一盏大红灯笼非常醒目，自然吸引了前来购物的中国水兵。亲不亲，故乡人。在语言不通的异国他乡，水兵们开始把这里当成了落脚歇息的地方。

当季小欧夫妇得知水兵们在这里购物有诸多不便时，就主动热情地为大家排忧解难。水兵们也没把他们当外人，需要买什么东西找不着地方时，请他们当领路当向导，购物语言不通时，就请他们当翻译。

↑ 意大利西部地区六省一市华人华侨联谊会会长金东林（左一）和季小欧夫妇在码头欢送“深圳”舰。

↗ 拉斯佩齐亚的“长城酒楼”，成为“中国水兵之家”。

步行街的商家大多是酒楼的邻居，也是酒楼的常客，都是熟人。他们看到酒楼老板亲自帮助中国水兵购物，往往给的价格都很低。因此，消息一经传开，来找他们帮忙的人就更多了。

在意大利吃饭非常贵，服务费也很高，令人咋舌。所以，“长城酒楼”又成了水兵们在拉斯佩齐亚观光购物后吃饭的好去处。季小欧夫妇不但为水兵们准备了可口的中国风味的饭菜，还免收服务费。大家高兴地把“长城酒楼”誉为意大利的“中国水兵之家”。

季小欧动情地告诉我：“虽然长年生活在海外，可是心里一直想念祖国。长城是我们伟大祖国的象征，我用‘长城’作为酒楼的名字，就是为了让自己和家人永远不能忘记祖国。”我对他说：“在中国，人民军队也被人民群众誉为‘长城’，是保卫祖国的‘钢铁长城’。中国水兵之所以喜欢到你这里来，可能与‘长城’二字有很大关系。”说完，我们都会意地笑了，笑得那样的开心。

在马林迪寻找 600年前郑和船队遗迹

在“和平方舟”号停靠肯尼亚蒙巴萨港期间，我听到了这样一件事。在蒙巴萨市的老城，有一个自称是中国人后裔的当地黑人青年，在看到中国医院船到来的消息后很激动。他对前来观光的船上官兵说，自己是中国人的后裔，他的祖先是当年郑和船队的水手。这件事引起了我的好奇。

2010 年 10 月 15 日一早，新华社非洲总分社王朝文社长带车来到蒙巴萨港码头，提议去马林迪寻找郑和船队的遗迹。这个提议让我兴奋不已。因为，肯尼亚是郑和船队到过的非洲最远的国家，郑和船队的后人曾在马林迪留下遗迹。既然我们远涉重洋来到了非洲，何不前去探寻一番。

海上丝绸之路的最远端——马林迪

马林迪位于肯尼亚海岸的中部，坐落在拉姆岛和蒙巴萨岛之间，距蒙巴萨市约 100 多公里。据介绍，虽然称不上是肯尼亚最美丽的城镇，马林迪也有着不少美丽的海滩和马林迪国家公园、瓦塔姆海洋公园等诸多景点。马林迪附近的海边有着不少美丽的珊瑚礁，每当退潮时，就可以隐约看到。然而，马林迪最吸引人的地方，莫过于郑和船队后裔留下的中国遗迹。

↑ “和平方舟”号医院船停靠在肯尼亚蒙巴萨港。

我们一行 4 人乘车穿过蒙巴萨市区，向着马林迪方向疾驶而去。同行的除了我的新华社同事、文字记者吴登峰之外，还有中石油派驻到肯尼亚的长城钻探队总经理张召峰。他为人爽快，反应机敏，做事干练，对肯尼亚的情况很了解，也是王社长的好朋友。司机是非洲总分社的肯尼亚雇员，会说简单的汉语，黝黑的身体十分强壮，歌唱得很好，也很风趣。

郑和，是我国明朝时期的一位伟大的航海家，他率领庞大的船队七下西洋的壮举，曾经震惊世界。在“和平方舟”快要抵达肯尼亚前，我在海上用海事卫星上网，查阅了郑和船队下西洋的相关资料。

个 肯尼亚蒙巴萨港位于印度洋东海岸，这是港内停靠的船只。

郑和（1371~1435），本姓马，字三保，出生于云南昆阳一个伊斯兰教家庭，12 岁时被明军抓进皇宫做宦官，后跟随燕王起兵，赐姓郑，任内宫太监。32 岁入佛门，被后人尊称为“三保太监”。

郑和自 1405 年（明永乐三年）起曾 7 次下西洋，率领由 300 艘船组成的船队远赴东南亚、印度、中东。这支船队到达的最远的地方，就是非洲。

1405 年至 1433 年，郑和奉朝廷之命率大型船队通使“西洋”，也就是当时的加里曼丹至非洲之间的海洋。先后共 7 次，历时 28 年，途经 30 余国，其中 4 次远抵非洲东海岸。

据文献记载，1418 年，郑和第 5 次下西洋期间，郑和船队护送大批中东、非洲使节回国，其间曾沿非洲东部海岸线南下，并在麻林国（即现在的肯尼亚马林迪市）停留。

在马林迪以北 20 公里的曼博鲁林，那里的人民甚至用残破的中国瓷盘完

个 马林迪位于肯尼亚海岸的中部，距蒙巴萨市约 100 多公里，这是马林迪当地的居民。

完全全地镶嵌在伊斯兰墓地的圆柱墓碑上，将中国文化与伊斯兰文化紧紧结合在一起。在郑和船队去过的非洲东海岸的一些地方，还陆续出土了中国明代的铜钱，上面铸着“永乐通宝”“宣德通宝”等字样，这些铜钱足以说明郑和曾经在 15 世纪初到过那里。

关于郑和船队后人的故事

在蒙巴萨，我还听到了一个关于郑和船队后人的真实故事。

500 多年前，有一艘中国商船在帕泰岛的上加村附近海域触礁沉没，船上的船员逃生，登上了帕泰岛。他们教当地人如何耕地种田、织网捕鱼，并和当地人通婚，代代繁衍至今。后来，人们在帕泰群岛上发现了大量中国陶器及古瓷器碎片。

在肯尼亚帕泰群岛，有一个非洲女孩，名叫姆玛卡・沙里夫，她具有中国血统。据她回忆，小时候常听外祖父讲故事，说的是中国祖先娶了黑人妻子后，他们之间有一个规定：生了女儿的中国水手，必须将女儿嫁到生了儿子的中国水手家中，这样可以保持正统中国血脉的延续。

“我妈妈是正宗的中国水手后裔，到了妈妈这一代，中国后裔大部分迁移到城市中，妈妈嫁给了当地人。”姆玛卡有4个兄弟姐妹，父亲是当地人。“我从记事的时候就听外婆说，我们这个家庭是中国家庭，我们的祖先是郑和宝船上的中国水手。”她家还保留着祖辈传下来的中国明代瓷器。据说，姆玛卡的中国血统得到了医学的证实。

姆玛卡由于经济困难，难以维持读中学，也没能直接升入大学学习。于是，她就鼓足勇气给中国驻肯尼亚大使馆写信，表达自己作为中国人后裔，希望赴中国上大学深造的强烈愿望。中国驻肯尼亚大使迅速将这一情况报回国内，中国教育部为姆玛卡特批了公费留学名额，资助她来华上大学。

从肯尼亚来到中国，姆玛卡就像“跳龙门”一样，一下子变成了“明星”。郑和下西洋的起点——江苏省太仓市，安排她在健雄技术学院学习中文，资助她在中国读大学。姆玛卡给自己取了一个“郑华”的中文名，表明自己是郑和船队水手的后裔和热爱中华的情感。郑华的愿望是将来当一名医生，为更多的人解除病痛。

2005年9月，姆玛卡来到中国，先学习一年汉语，然后进入大学学习中医，实现自己救死扶伤、承继中医的理想。就在姆玛卡在华寻根期间，太仓市与马林迪市宣布结为友好城市。

这段感人的故事，续写着郑和下西洋的佳话，谱写着中非传统友谊的新篇章。

马林迪古城遗址探秘

王朝文社长介绍说，在马林迪的海边，矗立着一个中国纪念碑，上面刻有方块形的汉字。这个石碑可能就是传说中的“郑和纪念碑”，只因当地无人认识汉字才被称为“中国纪念碑”。在马林迪海边，还有当年郑和船队停靠码头的遗址。不过他也只是听说，很想借此机会实地考察一下。

个 我们穿过一个通道来到后院，大树下散落的古建筑群全部由石头砌成，早已残垣断壁。

为了寻找马林迪的码头遗址，我们真是费了不少周折。我们全然不顾炎炎烈日，不停地东奔西跑向当地人打听，几乎把马林迪跑了个遍、问了个遍。然而，传说终归是传说，要在短时间内找到几百年前的那块石碑，谈何容易！

就在我们一筹莫展的时候，一位当地人说附近有一处古老的遗址，在几百年前有中国人居住过，还在这里出土过中国的瓷器。由于当地人说的是斯瓦西里土语，交流起来非常困难，得到的信息只有这些。尽管如此，我们还是喜出望外，就像海上迷航后见到了大陆，精神大振，加大油门直冲过去。

当我们到达这处遗址时，时间已近下午 5 时。

这里的工作人员得知我们来自中国，非常热情，推迟下班，陪同我们参观。

天色渐晚，我们跟着他穿过一个通道来到后院，展现在眼前的场景顿时让我震惊：上千年的古树遮天蔽日，就像进入了原始森林，大树下散落的古建

筑群全部由石头砌成，只是由于经历千百年的风吹雨打，早已残垣断壁。不过稍加仔细辨认，门垛、街道、石碑、古井、教堂等遗址依稀可辨。我不由地抬头望去，有着上千年年轮的古树就像一位历史老人，注视着千百年来它眼前发生的一切，也仿佛在欢迎我们的到来。

置身于遗址中，我仿佛穿越了时空隧道，回到了中世纪的古罗马，似乎看到了人声鼎沸的场景，倾听到了上千年前的人们的喧闹声。于是，我怀着激动的心情，从不同角度将这个遗址和场景收录在了数码相机的存储器里。

这里的解说员只会说些简单的英语，他向我们介绍了遗址的大体情况。原来，这座遗址距今已有上千年的历史，当时这里居住着数万名来自四面八方的人，非常繁华，

1
2
3

1. 遗址的工作人员得知我们来自中国，非常热情，推迟下班，陪同我们参观。

2. 这个遗址的解说员只会说些简单的英语，他向我们介绍了遗址的大体情况。

3. 查春明置身于遗址中，仿佛穿越了时空隧道，从不同角度将这个遗址和场景收录在数码相机里。

↑ 在一个陈列室里，展示着来自中国的瓷器、陶器和锈迹斑斑的明朝铜钱。

因此也吸引了世界各地的人们前来进行贸易活动乃至定居。他还说，这里也曾经居住过中国人，推测是郑和船队的水手或者是他们的后裔。这一点从出土的中国陶器和瓷器碎片就可以证明。

他看到我们面带疑问，于是，就领着我们来到一个白色建筑前。进门后，才发现这是一个很大的展室，里面陈列着从这里出土的许多文物，展室的中间是一只古帆船的模型。在几个用玻璃罩着的陈列柜里，我还真看到了来自中国的瓷器、陶器和锈迹斑斑的明朝铜钱。这位工作人员看到我一脸惊喜，补充说："精美的中国瓷器在当年是很值钱的，被人们视为宝物。"

当我们离开这里的时候，一只狒狒不知从哪儿蹿了出来，非常友好地把我们这些远道而来的客人送出了遗址大门。这次马林迪之行，虽然没有找到真正的郑和船队遗迹，但我们还是看到了中国人留下的东西，不虚此行。

坦桑侨领朱金峰

↑ 2010 年 10 月 19 日，“和平方舟”号医院船，抵达坦桑尼亚首都达累斯萨拉姆港。

↓ 中国驻坦桑尼亚使馆工作人员、中资机构和华人华侨代表，在码头热烈欢迎“和平方舟”号医院船。

2010年10月19日，“和平方舟”号医院船经过一昼夜的航行，从肯尼亚顺利抵达坦桑尼亚首都达累斯萨拉姆港，将首次为坦桑尼亚民众进行为期5天的人道主义医疗服务。

当“和平方舟”号缓缓驶抵码头时，我从船上向港内望去，只见码头上彩旗招展，锣鼓喧天，鲜艳的五星红旗格外醒目，形成一片欢乐的海洋。我们受到了坦桑尼亚官方、中国驻坦使馆工作人员、中资机构和华人华侨的热烈欢迎。

万里乘风破浪，坦桑巧遇同乡

在群众欢迎队伍中，有一位身材魁伟的中年华人手持五星红旗，指挥着大家齐呼口号，引起了我的注意。于是，我在码头对他进行了简短的采访。原来，他就是坦桑尼亚中华总商会会长、侨领朱金峰。朱会长比我年长一岁，更巧的是，我们还是同乡，祖籍都是河北邯郸。能在异国他乡遇到同乡，让我们俩都感到意外和高兴！

↓ 坦桑侨领朱金峰（左一）在码头指挥华人华侨舞龙舞狮，欢迎来自祖国的亲人。

在到达坦桑尼亚的第 3 天，朱会长邀请我到他家做客。其实，我也正想要对他进行深入采访。他家位于首都市区，离码头约半小时的路程。这是一座四四方方的院落，面积约 4000 多平方米，分布着车间、库房、住房和办公室。

朱会长先是领着我参观了车间里的摩托车生产流水线，向我介绍了组装好的最新款的摩托车。这时，一辆货柜车开了进来，几名当地黑人工人将几十台摩托车成品装车运往销售市场。朱会长用流利的斯瓦西里语和他们交谈，称呼他们为“拉菲克”，意为最亲密的朋友。

↑ 朱金峰从国内引进生产流水线，进行摩托车组装，每月销售量达 1400 多辆。

在他宽大的办公室里，摆放着他和坦桑尼亚总统基奎特的合影。有一张照片吸引了我：坦桑尼亚总统满面笑容地骑在一辆摩托车上，朱金峰会长和中国驻坦桑尼亚大使刘昕生站在旁边。朱会长解释说，这是 2010 年 3 月，坦桑尼亚一个地区发生了水灾，他向灾区捐赠了 10 辆摩托车，坦桑尼亚总统基奎特非常高兴，骑在摩托车上连声说：“OK！ OK！”

个 2010 年 3 月，朱金峰向水灾地区捐赠了 10 辆摩托车，坦桑尼亚总统基奎特非常高兴，骑在摩托车上连声说："OK！OK！"

海外艰苦创业，成为领军人物

交谈中，朱金峰会长向我回忆起了他在海外的创业经历。

1988 年，他经朋友介绍，先到了菲律宾，在首都马尼拉做了 6 年的外贸生意。

2000 年，他怀着对非洲大陆的好奇心，来到了坦桑尼亚，至今已有 10 年了。刚开始，他尝试经营各种小五金商品，由于市场份额不大，开始投入的 280 多万元人民币，仅一年的时间就亏了 100 多万，这对他来说是个不小的打击和考验。

面对挫折，朱金峰并没有退缩，而是总结经验和教训，继续寻找商机，转而尝试改做钢材生意。让他没想到的是，通过市场调查发现，发展中的坦桑尼亚对钢材需求很大。于是，他就抓住这稍纵即逝的商机，加大对钢材市场的投入，生意从此有了转机，第二年就把前一年亏损的钱挣回来了。于是，他脚踏实地甩开膀子干了起来。

转眼到了 2006 年，朱金峰根据坦桑尼亚全国的市场需求，开始着手进行摩托车进口生意。他与广东的一家摩托车生产厂家联合推出一款深受非洲人民喜爱的摩托车，生意越做越火，供不应求，甚至出现来自坦桑尼亚全国各地的商人住在宾馆里等货的情况。为了满足市场需求，他不等不靠，干脆从国内引进生产流水线，进行摩托车组装，在全国各大城市设立了许多销售点，每月销售量达 1400 多辆。

有了雄厚的资金后，朱金峰又开始向其他领域进军，资产日积月累，很快就成了坦桑尼亚华人华侨中的领军人物。

当选侨界领袖，传承中坦友谊

为了把坦桑尼亚的华人华侨团结起来，拧成一股劲，2005 年 6 月，坦桑尼亚中华总商会和中国和平统一促进会在当地注册成立。后来又相继成立了浙江商会、福建商会和矿业商会，这 3 个商会都是总商会的分会，在中华总商会的领导之下。

经坦桑尼亚全体华人华侨一致选举，德高望重的朱金峰同时担任这 2 个会的会长。作为侨界领袖，朱金峰为人做事正直善良，想方设法为大家办实事，排忧解难，共谋福祉。中国驻坦桑尼亚使馆对中华总商会非常重视，积极支持商会的发展。每当商会组织重要的活动，大使都会参加，使馆在坦桑尼亚开展的活动、布置的工作，中华总商会也积极参与、大力配合。

2010 年春节，中国驻坦桑尼亚大使馆组织了“聚焦在非洲，坦桑过大年”的活动，坦桑尼亚总统基奎特的夫人萨尔玛·基奎特出席了庆祝活动，并发表热情洋溢的贺词。她说：“很高兴和坦桑尼亚华侨华人在这里，共同庆祝中国的农历虎年。近年来，越来越多的中国人来到坦桑尼亚，他们已经成为坦桑社会的一部分，他们积极支持坦桑尼亚医疗和教育事业，为坦桑当地社会的发展作出了很大的贡献。我也是受益者之一，我感谢他们，坦桑尼亚愿意成为他们的家。”

“中非友好，民间交流是基础，每个企业、每个中国人都有一份责任。”朱金峰深有体会地说。

↑ 坦桑尼亚总统基奎特的夫人萨尔玛·基奎特出席“聚焦在非洲，坦桑过大年”庆祝活动。

目前，坦桑尼亚的华人华侨已由几年前的几百人，发展到现在的2万多人，投资领域也在不断扩大，为坦桑尼亚的经济发展，起到了积极的推动作用。每当华人华侨遇到困难或者出现纠纷，而使馆不便出面时，商会就会出面协调，与坦桑尼亚政府的不同部门打交道沟通，想方设法维护华人华侨的安全和利益。因此，中华总商会受到了广大华人华侨的拥护和爱戴，同时也得到了中国驻坦桑尼亚使馆的高度赞誉。

朱金峰会长告诉我，坦桑尼亚的华人华侨大多来自祖国的浙江、福建、河北和东北等地，大家发挥各自的优势和聪明才智，相继开办了20多家鞋厂、木器厂、纯净水厂、床垫厂、海绵厂、塑料管厂，还成立了建筑公司、房地产公司等多家民营企业，对坦桑尼亚的经济建设和社会稳定起到了积极的推动作用。

坦桑尼亚中华总商会归属国务院侨办，2008 年奥运会、2009 年新中国成立 60 周年庆典活动和 2010 年上海世界博览会，国侨办都专门邀请了朱金峰回国参加活动。

坦桑尼亚中华总商会不但重视自身的发展，还积极支援坦桑尼亚的发展和建设，经常为小学、灾区捐款捐物、献爱心，得到上至坦桑尼亚总统，下到普通百姓的交口称赞。

难忘 2009，见证祖国强大

2009 年，是朱金峰有生以来最为难忘和值得自豪的一年。

这一年，他两次受到国家主席胡锦涛的接见。

第一次是胡锦涛主席来坦桑尼亚进行访问，朱金峰作为华人华侨代表到机场迎接，胡锦涛主席和他亲切握手。

第二次是国侨办邀请世界各国侨领回国参加国庆 60 周年庆典活动。在 9 月 30 日的国庆招待会上，朱金峰再次受到胡锦涛主席、温家宝总理的亲切接见，并同党和国家领导人共进晚餐。

2009 年 10 月 1 日，作为坦桑尼亚全体华人华侨的代表，朱金峰在天安门东观礼台上，亲眼见证了宏伟壮观的新中国成立 60 周年庆典活动。这一天，让他感慨万千。当威武雄壮的阅兵方队在他面前通过的时候，朱金峰浑身热血沸腾。看到祖国的繁荣强大，他感到无比自豪和骄傲！

在谈到这次海军“和平方舟”号医院船来到坦桑尼亚时，朱会长动情地说，当我们接到使馆的通知说祖国的医院船要来的消息后，华侨们都非常高兴和激动，连夜赶制彩旗和横幅，准备好大大小小的五星红旗。由于到码头参加欢迎仪式的名额有限，大家都争相要去。最后，商会争取到了 100 人的名额，加上中资机构 50 人、使馆工作人员 50 人，到码头欢迎的华人华侨有 200 多人。当时大家的心情就像过年一样，别提有多高兴了。

↑ 2009 年 10 月 1 日，朱金峰在天安门东观礼台上，亲历新中国成立 60 周年庆典活动。

朱会长接着说，按照使馆的安排，这几天华人华侨分批到医院船上进行了体检。船上医生热情周到的医疗服务，使我们倍感亲切。从医院船体检回来后，大家奔走相告，相互传递着来自祖国母亲的关爱和温暖。

朱金峰在华人华侨中有着很高的威望，大家对他的尊敬也是发自内心的。朱会长说："我觉得在坦桑尼亚的华人华侨都是我的亲人，大家远离祖国出来创业都很不容易，我要尽最大努力来帮助他们。尤其是在坦桑尼亚的老华侨和老侨领，我更要尊敬他们，他们有什么困难，我都会帮助解决。因此，我们的关系相处得非常好。"

经过 10 年的艰苦创业，企业家朱金峰在坦桑尼亚的事业已经走向平稳发展的阶段，各项业务都有专人掌管，他基本上不用太操心，可以腾出更多的时间和精力把商会的事情做好，更好地为坦桑尼亚的华人华侨服务。

八年军旅生涯，铸就坚强意志

其实，朱金峰少年时期有着非常艰苦的生活经历。早在60年代初期，国家正在遭受三年自然灾害，位于华北平原的邯郸农村没有逃脱厄运，地里粮食断收，饥饿夺去了许多人的生命。

朱金峰告诉我说，那时候村里家家都吃不上饭，根本找不到粮食，就连地里的野菜，树上的树叶、树皮都被人们吃光了，家的锅里只有野菜汤。正是长身体的朱金峰在家饿得受不了，只好跟随姐姐走出家门去要饭。这种苦日子一直熬了两年多，年景才慢慢有了好转。然而，没有饭吃、饿肚子的滋味在少年朱金峰的心里留下了深深的烙印，让他终生难忘。

后来，青年朱金峰参军入伍到了新疆军区某部，成了一名光荣的解放军战士。在部队，他不但能吃饱饭，还学会了汽车驾驶技术，心里别提有多高兴了！在解放军这所大学校里，朱金峰学到了知识，得到了锻炼，练就了不怕困难、勇敢顽强的优良品质，也为他以后海外艰苦创业打下了坚实的基础。

在部队服役8年后，朱金峰退伍回到了邯郸故乡，进入市政府机关工作。然而，不满是向上的车轮。他并不满足于平静的生活，主动离开机关工作这个"铁饭碗"，下海打拼。他先是承包了市府机关的汽车修理厂，后来，硬是凭着一股军人般的勇气，越洋跨海，只身到异国他乡闯天下，在不长的时间里，取得了骄人的业绩和成功。

10月24日，是"和平方舟"号医院船离开坦桑尼亚的日子。

中国驻坦桑尼亚使馆的工作人员、中资机构和华人华侨代表上百人，一大早就来到码头欢送"和平方舟"。朱金峰来得最早，他还和卜建军、潘小东、朱汉群等几名副会长，在码头展开了一面硕大的五星红旗。于是，我急忙走下舷梯和他们合影，将几顶标有"和平方舟"的舰帽送给他们留作纪念，并和他们一一拥抱道别。

欢送仪式开始了，中坦海军军乐队分别演奏起激扬的乐曲，动人心弦。当"和平方舟"号医院船解缆驶离码头的那一刻，现场气氛达到高潮。"再

→
2010年10月24日，朱金峰在码头欢送“和平方舟”号医院船离开坦桑尼亚。

见！”“再见！”的欢呼声在码头和医院船上此起彼伏，久久回荡在达累斯萨拉姆港的上空。

我从长焦镜头中看到，朱金峰挥舞着国旗一直在大声呼喊着，不停地用手擦拭着流淌在脸上的泪水。医院船渐渐远去，他走到码头边，挥动着双手不肯离去。看到此情此景，我的心也在颤抖，泪水模糊了视线。

医院船驶出港湾后，我的心情依然不能平静。突然，手机铃声响了，传来朱金峰低沉的声音，他说：“兄弟，不行了，分别的滋味这么难受，我还没有缓过劲来。我都是50多岁的人了，这么多年还从来没有过这种感觉，不知道今天是怎么了！”这一刻，我被朱金峰的话深深触动，哽咽得说不出话来。

我站在“和平方舟”号医院船的最高处，一直眺望着达累斯萨拉姆港。医院船驶入辽阔的印度洋，洁白的航迹在不断延伸，非洲东海岸在我的视野里渐渐地消失。但是，坦桑侨领朱金峰的身影将永远定格在我的脑海里。

卡谢夫上尉

↑ 巴基斯坦海军上尉卡谢夫。

卡谢夫上尉是一名巴基斯坦海军军官，负责巴海军对外军事交往的外事工作。他身材不高但很结实，说着带有巴基斯坦口音的英语，浓眉下有着一双闪亮的眼睛，给人感觉既朴实又睿智。

想当舰长的卡谢夫

卡谢夫出生于1981年，在当海军之前，曾在地方大学进行了6年系统的社会工程和电子工程学习；获得学士学位后，22岁时加入巴基斯坦海军；经过2年的海军院校学习，毕业后曾到4艘军舰上任过职，担任过情电长、作战军官和值更官。当我问到他的下一步发展计划时，卡谢夫认真地说："我的奋斗目标是要当舰长。"

卡谢夫上尉既是中国海军"广州"舰在巴基斯坦参演期间的联络官，也是巴海军随"广州"舰参加海上联合军演的军事观察员。这次随"广州"舰出海参加演习的观察员共3名，还有一名澳大利亚海军上校和一名巴海军中校。

由巴基斯坦海军主办的"和平－09"多国海上联合军事演习，于2009年3月5日至3月14日在巴基斯坦南部城市卡拉奇成功举行。来自中国、美国、英国、法国、澳大利亚、日本、巴基斯坦、孟加拉、马来西亚、科威特、尼日利亚、土耳其共12个国家的海军参加了这次联合演习。在海上的的几天里，这三位军事观察员和中国海军"广州"舰官兵朝夕相处，同舟共济，观摩了海上演习的全过程。

个 “和平—09”海上多国联合军演，在巴基斯坦卡拉奇附近海域举行。 王洋 摄

中国海军派出南海舰队“广州”号导弹驱逐舰参加联合军演，随舰携带一架“直九”C 型舰载直升机，搭载 10 名海军特战队员，参演官兵 318 人。我作为新华社驻海军记者，随“广州”舰全程参加了这次多国联演，并通过海事卫星，向新华社及时发回文字稿和传真照片。

我的住舱离卡谢夫的舱室很近，都在位于舰艏部的 01 甲板。我发现卡谢夫上尉是一个非常聪明的人，外事联络官黄秘书告诉我，卡谢夫使用起电脑来非常熟练也很专业，他持有微软公司颁发的系统工程师和数据库管理员的专业资格证书。

当谈起对“广州”舰的印象时，卡谢夫认真地说：“‘广州’舰是中国人的一个杰作，其全封闭的结构，舰型很美观，舰容保养得干净整洁。中国军舰的自动化程度很高，大量节省了人力。比如说，会议室的门把手是不锈钢的，飞行甲板的围栏起降是自动液压的。”

在随“广州”舰出海参加海上多国演习的几天里，这位细心的军事观察员发现，“广州”舰官兵的作息时间都很明确，舰上每天的工作安排十分清晰，每名舰员都知道自己应该干什么。

↑“和平—09”海上多国联合军演中的海上阅兵式。

↓中国海军“广州”舰在卡拉奇多国海上联合军演中精彩“亮剑”。

↖ 巴基斯坦海军水兵仪仗队。

↗ “广州”舰驶离卡拉奇港，驶向演习海区。

一声“父亲”让我感动

卡谢夫上尉曾经到过迪拜、阿曼、土耳其、沙特阿拉伯、黎巴嫩和巴勒斯坦，多次参加海上多国联合活动。现在又见到中国人，就像见到自己的兄弟一样。他动情地说：“我为什么在中国军舰上感觉好？因为我有一个好联络官（指翻译官黄秘书），还有一个好父亲。”他说的这个“好父亲”，就是我。

噢，事情的经过是这样的：3 月 9 日上午，我准备乘舰载直升机进行航拍。在机库待命时，卡谢夫突然对我说：“你像我的父亲。”我没有思想准备，他这么一说，倒让我心里好一阵感动。

我问他为什么？卡谢夫向我解释说，他第一次见到我，就觉得我长得像他的父亲，从外形和气质上都像。他看我很好奇，于是，就领着我来到他的住舱，打开笔记本电脑，给我看了十几张他父亲的照片。我一看就乐了，外形还真有点像，只是我的胡子没有像他父亲的络腮胡那么浓密。于是，我对卡谢夫说，从照片上能看出你的父亲很善良，他回答说：“你也是。”

卡谢夫还让我看了他从小到大的照片，他和他美丽妻子的照片，还有他的全家福照片。从照片上我能看得出，卡谢夫有一个幸福美满的大家庭。

接着，卡谢夫从柜子里拿出了一个袋子，里面装着一块巴基斯坦产的深蓝色布料。我立马意识到卡谢夫要送给我礼物，当我表示出推辞时，卡谢夫执意不肯。于是，我赶紧回到住舱取出一件这次联演的纪念衫，回送给他，卡谢夫高兴地和我拥抱起来。

在接下来的日子里，卡谢夫不管在哪见到我，总是叫我“父亲”，让我不知如何是好。很快，这消息就像长了翅膀，很快就在“广州”舰上传开了，舰上官兵都知道我有一个巴基斯坦海军“儿子”。

从那以后，每天在军官餐厅就餐时，大家按顺序打自助餐，卡谢夫见到我来了，就礼貌地说：“父亲先请！”让我的心里感到一阵温暖。

参观“梦佳达罗”归来

3 月 13 日上午，巴基斯坦海军组织参演各国海军的指挥员、舰长和特战分队指挥员等一行 40 人，分乘巴海军两架运输机，从卡拉奇海军机场起飞，空中飞行 600 公里，降落在大漠深处的一个机场，参观了巴基斯坦著名的古人类古迹文化遗址——“梦佳达罗”，我带好了摄影器材一同前往。

“梦佳达罗”，被考古学家认为是巴基斯坦最早有人类的文化遗址。1912 年，考古学家 D·R·班汗卡特最早探访和记叙了“梦佳达罗”。

1924 年至 1931 年进行了主要发掘，从 1979 年开始，在联合国教科文组织的支持下，保护“梦佳达罗”遗址的活动陆续展开。如果没有国际社会的鼎力相助，这个具有 4500 年历史的遗迹就可能消失。

↑ 中国海军特战分队长孙浩，与巴基斯坦海军特战队员进行交流。

↓ 澳大利亚海军军事观察员在“广州”舰上观摩海上演习。

↑ 查春明海上航拍归来，卡谢夫在直升机旁迎接。

讲解员的解说，仿佛把大家带回了公元2世纪。高高的古堡和寺庙、佛塔、洛池遗迹及出土的数千件文物，再现了巴基斯坦最早人类的生存状态，令我深深为之震撼。

我们当天搭乘军机返回卡拉奇，当我拖着疲惫的身体返回卡拉奇军港时，身穿红色救生衣的卡谢夫上尉已经在交通艇上等待了。卡谢夫见到我的第一句话就说：“父亲一定很累了。”把大家全逗乐了，我的心里一热，疲惫一下子也就全部消失了。

会说汉语的
孟加拉海军中校

2010 年 11 月 9 日中午 1 时，中国海军“和平方舟”号医院船驶抵孟加拉国第二大城市吉大港。在我们进港的沿岸，孟加拉海军几十艘舰艇全部悬挂满旗，官兵们在甲板上整齐列队，喊着整齐的口号，手中挥舞着军帽，用孟加拉海军传统礼仪，欢迎中国海军医院船的到来，场面十分壮观。

孟加拉海军按照最高规格，在码头举行了隆重的欢迎仪式，搭起了帐篷和检阅台，铺设了红地毯，海军仪仗队持枪在码头整齐列队，海军军乐队在码头高奏起迎宾曲，孟加拉海军驻吉大港各级主要军官都来到码头参加欢迎仪式，热烈而又隆重。

→
孟加拉海军几十艘舰艇上的官兵在甲板上整齐列队，用孟加拉海军传统礼仪，欢迎中国海军医院船的到来。

海军初建时受到中国援助

在孟加拉的6天时间里，我随先期到达的中国海军东海舰队副司令员王志国少将和“和谐使命－2010”任务指挥员包裕平少将，分别在首都达卡和吉大港拜会了孟加拉国总统、海军参谋长、吉大港海军基地司令、孟加拉海军学院院长等各级官员，近距离接触了孟加拉海军官兵，使我对孟加拉海军有了感性认识和了解。

要了解孟加拉海军，首先要了解孟加拉军队。孟加拉军队是在其国父穆吉布·拉赫曼领导的“民族解放军”和原巴基斯坦驻东孟加拉步枪队、东孟加拉联队以及巴军中孟加拉官兵的基础上组建起来的。国家元首同时也是武装部队最高统帅，部长委员会总理掌握军队实权。陆、海、空三军分立，实行志愿兵役制。孟加拉武装力量由正规军事力量和准军事力量构成，正规军事力量分为陆、海、空三个军种，军队参谋长为各军种最高行政长官和军事指挥官。准军事力量包括步枪队、乡村卫队、海岸警卫队、国家学员团和警察部队等。目前军队总兵力 14 万人，其中陆军 12 万人，海、空军各 1 万人。

孟加拉海军在 1965 年第二次印巴战争期间，由滞留在东巴基斯坦海军兵力为基础组建而成。组建初期，舰艇数量较少，也较为陈旧，多数为英国退役的二手舰艇。孟加拉海军建军初期，开始接受中国的援助，从建军开始到现在，有半数左右舰艇来自中国的援助。

目前孟加拉海军现役中最新型最先进的水面舰艇是“国父”号护卫舰，它也是孟加拉海军的旗舰，满载排水量约 3500 吨，使用 CODOD 全柴油机，双轴推进，最高航速 28 节，主要武器是 1 门 76 毫米舰炮、8 枚“奥托马特”反舰导弹、2 套 MK32 鱼雷发射管和 1 架反潜直升机。

“国父”号护卫舰是由沙特出资 1.3 亿美元，韩国制造的 1 艘“蔚山”级护卫舰。因为武器系统整合问题，战斗力一直受到影响。除舰空导弹外，该舰主要武器系统：76mm 主炮、双 40mm 副炮、“奥托马特”MK2 型舰舰导弹、A-244S 反潜鱼雷和舰载直升机等均来自意大利。

另外，孟加拉海军还装备有中国制造的 053 型护卫舰“奥斯曼”号（1989 年交付）以及英国海军交付的 2 艘 41 型“豹”级护卫舰和 1 艘 61 型护卫舰。

“国父”号护卫舰甲板招待会

吉大港可以称得上是一座海军城，因为孟加拉海军的主要兵力部署在吉大港市。孟加拉海军学院、特种作战学校、海军基地司令部、海军修船厂等机构和设施，就在我们停靠的码头附近。

↑ 孟海军按照海军礼仪，在“国父”号护卫舰飞行甲板上搭起了天遮，挂起了彩灯。

我们到达的当晚，孟加拉海军在“国父”号护卫舰上举行甲板招待会，为中国海军官兵接风洗尘。我作为采访这次活动的记者，同大家一起乘坐孟海军提供的大巴车，来到孟海军码头，用相机记录了甲板招待会的全过程，同时也亲身体验了孟加拉海军甲板招待会的规格、程序和舰上准备的颇有伊斯兰民族风味的美味佳肴。

大巴车从“和平方舟”停靠的码头出来向左驶入十几米，就进入了孟海军吉大港基地的营区。路的左侧是孟海军的几十艘各类舰艇沿着码头一字排开，有数公里长。右侧是基地修船厂、海军子弟学校、孟加拉海军学院等设施，整个营区建设规范整洁。

孟海军按照海军礼仪，在“国父”号护卫舰的飞行甲板上搭起了天遮，挂起了彩灯，军乐队在码头奏起了欢快的乐曲，几名水兵身着礼兵服在码头舷梯口迎接来宾，给人一种庄重、典雅、祥和的节日气氛。

↑ 中国海军“和平方舟”号医院船驶抵孟加拉吉大港，孟海军驻吉大港主要军官来到码头迎接。

我踏上红地毯铺设的舷梯，在即将踏上“国父”号后甲板时，两名水兵吹响了口中的银笛，笛声委婉动听，让我体验到了一种国际海军所特有的神圣感。

孟加拉海军吉大港舰队司令亲自在舷梯口迎接中国海军来宾，并向东海舰队副司令员王志国少将和“和谐使命—2010”任务指挥员包裕平少将赠送了礼品。

在参加甲板招待会的人群中，一位孟加拉海军中校军官引起我的注意，他和他的夫人正在和中国海军军官王海东中校进行交谈。经王中校介绍认识后，这位帅气的军官让我称他为“Z 中校”，他的全名为：Zia，王中校说他很像一位法国球星，Z 中校马上说他像齐达内，因为他的头顶上的头发也很少。看来，Z 中校是个幽默、开朗的军官。

经过交谈得知，Z 中校是名导弹艇艇长，曾在中国海军大连舰艇学院和烟台航空工程学院学习过，在中国学习的累计时间达一年多，还会说流利的汉语。我问他对中国的印象如何？他说大连和烟台都很美，但给他留下深刻记忆的还

→ 孟加拉海军 z 中校（中）和他的夫人，在甲板招待会上和王海东中校进行交谈。

↘ 查春明和孟加拉海军 z 中校及夫人，在“国父”号甲板招待会上合影留念。

是中国海军的教官：中国教官的态度非常友好亲切，以诚相待，情同兄弟。因此，他和他的教官建立了深厚的兄弟情谊。他还高兴地向我介绍，他和王海东中校同是大连舰艇学院的校友。

据 Z 中校介绍，孟加拉国海军的舰艇主要来自中国、英国及马来西亚几个国家。主要的大型舰艇有现役的 4 艘主力护卫舰，两艘英国“利安德”级火炮护卫舰，舰龄将近 50 年，濒临退役；一艘中国 053H-1 型护卫舰（原南海舰队 556 舰），已进行过现代化改装，参加过 2009 年青岛中国海军成立 60 年多国海军活动。

英式海军体系

孟加拉海军体系与印度和巴基斯坦海军基本相同，均采用英式体制。吉大港地区司令部和驻吉大港的舰队司令部互不隶属，地区司令部负责岸防和支援保障，对舰艇不构成指挥关系。

孟海军军官基础培训在孟加拉海军学院进行，如航海、通信、武备、机电等，完成后分配到舰艇服役，通常服役 2-3 年后根据任职情况在本国院校进行专业加强培训，而后继续在舰艇服役。

孟海军初级军官的国外培训，通常是为了接收新装备而在特定的国家进行。中级军官主要是根据各国为其提供的培训名额在不同国家接受培训，如：中国、英国、德国、印度和巴基斯坦等。由此看来，尽管孟加拉国的母语是乌尔都语，孟海军官兵普遍会讲英语就不足为奇了。

孟加拉国海军“奥斯曼”号导弹护卫舰的前身，是中国人民解放军海军的功勋战舰——原“湘潭”号导弹护卫舰（舷号 556）。该舰属于 053H－1 型导弹护卫舰，由上海沪东造船厂建造，1987 年 7 月 14 日下水，同年 12 月 20 日正式加入海军南海舰队。该舰装备了 2 座 79 式双联装 100 毫米主炮，4 座 76 式双 37 毫米高炮。2 座双联装反舰导弹发射装置中，换装了抗干扰能力强、可低空掠海飞行的“上游”1 号甲导弹，这也是当时中国海军最强的反舰武器配置。

“湘潭”导弹护卫舰于 1989 年 12 月 4 日转让给了孟加拉国海军，更名为“奥斯曼”号，舷号改为 F18。“奥斯曼”号在服役后，一直作为海军主力战舰使用，无论是维护国家海洋安全，还是参加执行联合国维和任务，“奥斯曼”号都首当其冲。

在 1993—2008 年期间，“奥斯曼”号更换了主机，用美国卡特彼勒海上动力公司的 2 台 12M32C 柴油机取代了原先的 12E39VA 型柴油机，总输出功率有所增加，可靠度更高。该舰增加了 2 座 SRBOC Mk36 超快速干扰系统，还换装了攻击声呐，增装了战术数据链。虽然这些改进在不同方面有所提升，2007—2008 年进行的一项新改装，让“奥斯曼”号的作战能力有了巨大变化。

我去年青岛在采访中国海军多国活动时，曾拍摄到这艘富有特殊经历战舰进港时的雄姿。只是这次不巧，在我们访问吉大港期间，这艘护卫舰正在地中海黎巴嫩海域执行联合国维和任务。

孟加拉海军学院

11 月 10 日，我随东海舰队王志国少将和指挥员包裕平少将一起，前

个 位于吉大港市区的孟加拉海军学院校区整洁宽敞，几幢教学楼掩映在绿树环抱之中。

往位于吉大港市区的孟加拉海军学院参观，该学院院长亲自陪同，边走边向中国海军贵宾介绍这所学院的情况，孟加拉国海军的初级军官，经过基础专业学习后，大都毕业于这所学院。因此，这里是孟加拉国海军军官的摇篮。

一走进这所海军学院，整洁宽敞的校区映入眼帘：几幢教学楼掩映在绿树环抱之中，空地上草坪翠绿，一条中心大道直穿校区。在学院中心广场，矗立着一座高高的桅杆，如同舰艇上的桅杆一样，上面挂满了各种含意的信号旗，它既是学院的一个标志性设施，也是水兵们爬桅杆的训练场地，一举两得，

我们继续乘车向南驶去，来到一个叫做“西点”的海边，在一处高坡上，有一排长长的遮阳棚，宾主在这里就座后，院长向中国客人介绍了“西点”的含意。原来，孟加拉海军的目标，就是要把这所海军学院，建成像美国西点军

校式的院校，要建成孟加拉国的“西点”军校，因此，这是一个令孟加拉海军值得骄傲的地方。中国海军的两位将军听后会心一笑，举起手中的酒杯，祝愿孟加拉海军建设不断发展，祝愿中孟两国人民和两国海军的友谊万古常青。

其实，这个“西点”还是个观景台，在这里可以看到孟加拉国恒河的入海口，放眼望去，不远处就是一望无际的大海，孟加拉湾就在我们眼前，心旷神怡，油然而生。

参观完孟加拉海军学院后，我们一行 8 人乘车直接来到位于学院不远处的孟加拉空军基地，乘坐空军“贝尔”212 型直升机飞往孟加拉国首都达卡。

这是一架孟加拉国的政府高官的专机，美国通用公司早期生产，越战时曾大量使用，由三名空军飞行员驾驶，最多可乘坐 11 人，从吉大港飞往达卡空中飞行约 1 小时 10 分钟。

↓ 参观完孟加拉海军学院后，我们一行 8 人乘坐空军“贝尔”212 型直升机，飞往孟加拉国首都达卡。

↑ 在首都达卡，指挥员在总统府拜会孟加拉国总统和孟加拉海军参谋长。

在首都达卡，我们在总统府拜会了孟加拉国总统和海军参谋长，参观了孟加拉议会大厦，还参加一些孟加拉海军组织的高端外事活动，在达卡逗留的时间为三天。12 日，我们乘坐孟加拉民航班机返回吉大港。

走向大洋的 TRACK

1997 年

随由“哈尔滨”号导弹驱逐舰、“珠海”号导弹驱逐舰和“南仓”号远洋综合补给舰组成的中国海军舰艇编队，首次赴**美国夏威夷珍珠港**、**圣迭戈北岛港**，**墨西哥阿卡普尔科港**，**秘鲁卡亚俄港**，**智利瓦尔帕莱索港**等美洲四国五港访问，执行采访报道任务。

2001 年

随由“深圳”号导弹驱逐舰和“丰仓”号远洋综合补给舰组成的中国海军舰艇编队，首次出访**德国威廉港**、**英国朴茨茅斯港**、**法国布雷斯特港**、**意大利拉斯佩齐亚港**等欧洲四国，返航途中顺访**香港**，执行采访任务。

2002 年

随由“嘉兴”号导弹护卫舰和“连云港”号导弹护卫舰组成的中国海军舰艇编队，首次出访**韩国仁川港**，执行采访报道任务。

2003 年

率新华社采访组赴**意大利**西西里岛第二大城市**卡塔尼亚**，参加第三届世界军人运动会采访报道。

2007 年

随由“广州”号导弹驱逐舰和“微山湖”号远洋综合补给舰组成的中国海军舰艇编队，赴**俄罗斯圣彼得堡港**、**英国朴茨茅斯港**、**西班牙加的斯港**、**法国土伦港**等欧洲四国访问，执行采访报道任务。

2009 年

随中国海军“广州”号导弹驱逐舰，赴**巴基斯坦卡拉奇港**，参加“和平 -09”多国海上联合军事演习，执行采访报道任务。

航迹

TO THE OCEAN

2010年

随中国海军“和平方舟”号医院船，首次赴**印度洋亚丁湾、吉布提港、肯尼亚蒙巴萨港、坦桑尼亚达累斯萨拉姆港、塞舌尔维多利亚港、孟加拉吉大港**等亚非五国，执行“和谐使命－2010”采访报道任务。

2011年

随由“郑和”号远洋训练舰和“洛阳”号导弹护卫舰组成的中国海军训练舰编队，出访**俄罗斯符拉迪沃斯托克港、朝鲜元山港**，执行采访报道任务。

2011年

随中国海军“和平方舟”号医院船，首次赴**古巴哈瓦那港、牙买加金斯敦港、特立尼达和多巴哥西班牙港、哥斯达黎加蓬塔雷纳斯港**等中南美洲四国，执行“和谐使命－2011”任务，途中两次在**美国夏威夷**进行技术停靠。

2013年

随由4艘导弹驱逐舰、2艘导弹护卫舰和1艘远洋综合补给舰组成的中国海军舰艇编队，赴**俄罗斯符拉迪沃斯托克港**，参加中俄“海上联合－2013”军事演习采访报道。

2013年

随由“青岛”号导弹驱逐舰、“临沂”号导弹护卫舰和“洪泽湖”号远洋综合补给舰组成的中国海军舰艇编队，赴**美国夏威夷**参加中美海上联合搜救演习，赴**澳大利亚杰维斯湾**参加由13个国家舰艇参演的东盟防长扩大会“海上安全”专家组实兵演习，以及澳大利亚“军舰进驻悉尼港100周年”国际舰队检阅，访问**新西兰奥克兰港**，执行采访报道任务。

TO

THE

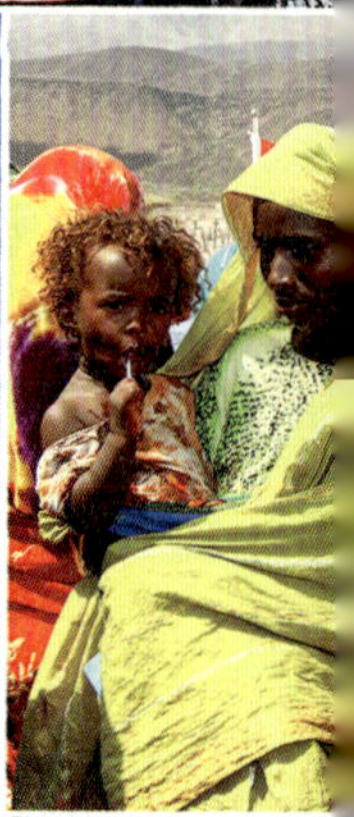

OCE

TRA
GHAFFAR

后记

乘军舰 闯大洋

作者 查春明

海洋，是地球生命的母亲，是她创造了生命，哺育了生命，是人类生命的摇篮。

海洋占地球面积的71%，地球上总水量的97%。地球上一块块孤独的大陆，是海洋将它们联系在一起，因此，海洋又是人类的纽带。

人类文明是由大陆文化和海洋文化共同构成的，海洋文化与大陆文化相互影响、融合和促进，推动着人类文明前进。

我的一生中，有三分之二的时间是与大海紧密联系在一起，而我的40年军旅生涯，也是从海上开始的。

1977年，我作为一名新上舰的水兵，被分配在国家海洋局北海分局“向阳红07”海洋调查船上当舰艇电工。至今我还清楚地记得，电工班的生活住舱在水线以下，每天晚上睡觉都能听到海水的流动声。那时候的我就像歌里唱的那样：“年轻的水兵头枕着波涛，睡梦中露出甜美的微笑。”从那时起，我从一名“旱鸭子”成了一名军舰上的水兵，青岛五号码头就是我温馨的港湾。

我经常趴在住舱上铺的床头，望着圆形密封舷窗外流动的海面，幻想着有一天能跟随军舰远航，去看看外面的多彩世界。这就是一个年轻水兵的初心，也是我人生之梦开始的地方。

这一时刻终于到来了，让我整整等了20年。这20年间，我所经历的一切似乎都是为了这一天的到来做着准备：从“向阳红07”船电工兵到大队部电影组放映员，从自学绘画到转入专职摄影，从青岛基地新闻干事到北京新华社军事摄影记者，冥冥之中，好像我的人生轨迹都是为了实现梦想而事先铺设好的一样。

改革开放使中国的国力不断增强，在向世界打开国门的同时，中国海军也走出国门，走向大洋。从1985年开始，中国军舰先后100多次走向深蓝，出访94个国家的138个港口，走向深蓝的航迹不断延伸。

自1997年以后的20年里，我有幸十几次乘坐中国军舰走向大洋，6次跨越太平洋、印度洋，横渡大西洋，勇闯大西洋比斯开湾12级特大风浪。4次穿越苏伊士运河，2次通过巴拿马运河，4次横跨地中海，2次穿越波罗的海、加勒比海，2次环绕太平洋。乘军舰踏访了几十个国家和军队，足迹遍及世界六大洲、三大洋，总航程超过18万海里，可绕地球8圈之多。

军舰是流动的国土，出访官兵是走向世界的“和平使者”。

1997年2月20日，是我第一次乘坐军舰走向大洋的日子。中国海军舰艇编队首次出访美洲四国五港，编队在广东湛江军港扬帆起航，目的地是大洋彼岸的南美洲。在98天的航程中，编队两次跨越太平洋，成为中国海军舰艇编队远航史上的一个壮举，令我终生难忘。

鸟不高飞，怎知蓝天之阔。人不远行，怎知世界之大。

古训说：读万卷书，不如行万里路。

中国古代思想家、教育家孔子非常重视实践在学习中的作用，他通过周游列国、治国安邦来印证所学。李时珍、徐霞客、马可·波罗、达尔文、哥伦布都是靠“行路”写出了宏伟巨著或取得重大发现。

每次随军舰出访之前，我都要事先做好功课：出访编队的航海路线、到访国家的人文历史，以及这个国家的海军发展史和现状，做到心中有数。之后，就是拟定写作计划，在出访中尽力将列出的题目完成。

在大洋上漫长的远航生活，让大多数人会感到枯燥无味，时间不好打发，很难熬。但我却觉得时间不够用，海上活动、友好访问、采访、拍摄、发稿、写作、锻炼身体，每天都过得很紧张也很充实，每次出访都会写下很多见闻和手记，累积下来写成的手记有上百篇。

《走向大洋——乘中国军舰出访手记》是人民海军发展史的一个缩影，是我乘军舰“行万里路”的真实记录，都是自己亲身经历和所见所闻，由于书中容纳篇幅有限，只收录了30篇。在编辑过程中，我的心仿佛又回到了心爱的战舰，劈波斩浪驰骋在辽阔的大洋上，许多难忘的场景一幕幕在我的脑海里回放。

在俄罗斯圣彼得堡，当我登上“阿芙乐尔”号巡洋舰时，我听到的是“十月革命”的炮响，就是这声炮响，为中国送来了马克思列宁主义。设身处地，时光仿佛倒流，让我一下子回到了100年前的1918年。

在古巴首都哈瓦那，我穿行在老城狭窄而热闹的街区，耳边回响着儿时熟悉的歌声——“美丽的哈瓦那，那里有我的家，明媚的阳光照新屋，门前开红花。”在位于老城区东南方向15公里的海明威故居，我似乎见到了《老人与海》，感受到了他的灵魂依然居住在这幢房子里。

在海上丝绸之路最远端的肯尼亚马林迪古城遗址，望着那保留下来的中国瓷器，我仿佛穿越了时空隧道，见到了600年前浩浩荡荡的郑和船队，看到了人声鼎沸的场景，倾听到了上千年前的人们的喧闹声。

我站在“广州”舰上穿行苏伊士运河，看着荒芜的西奈半岛上的战争遗迹和落日残阳，感慨万千。我仿佛感受到了60多年前第二次中东战争（苏伊士运河战争）的隆隆炮声和硝烟，埃及军队为了夺回苏伊士运河的主权与英法联军浴血奋战，死亡士兵的幽灵在悲鸣。

在世界著名的“海洋死亡之角”大西洋比斯开湾，“深圳”舰与12级特大风浪进行殊死搏斗，一排排迎头巨浪要将“深圳”舰吞没，战舰依然像一把利剑破浪前行，我又一次与死神擦肩而过，真正体验到生命的脆弱和宝贵。自有海难记录以来的200年间，全球已有100多万艘大中型船舶因受到巨浪狂风的袭击而沉没大海。

我乘军舰航行在辽阔的大洋上，面向一望无际的大海，心灵仿佛得到升华，心胸变得像大海一样宽广，一切私心杂念犹如尘埃那样轻浮和渺小。当我置身于比斯开湾的惊涛骇浪，感受到了大自然无坚不摧的力量，面对危险和死亡，我锻炼得更加无比坚强。

《走向大洋——乘中国军舰出访手记》是《热血军魂——一位军事记者的采访手记》的姊妹篇，这两部作品浓缩了我的军旅生涯的主要经历。作为一名海军，我为能有乘军舰闯大洋看世界的人生经历而感到幸运和骄傲，因为它成就了我完整的军旅人生，实现了我的初心和梦想，此生无憾！

因此，我要感谢大海，感谢海军！感谢我热爱的祖国母亲！

还要感谢我尊敬的老领导，新华社原副总编辑、新华社亚太总分社原社长俱孟军为本书作序。

感谢解放军新闻传播中心、新华社解放军分社对本书出版给予的大力支持！

感谢《参考消息》报社王朝文社长、丝绸之路国际经济论坛副主任兼执行秘书长王国基、中央广播电视总台特约军事评论员曹卫东大校对本书的大力支持！

感谢原国家海洋局老战友、著名书画家仝开健先生为本书题写书名。

更要感谢湖南科学技术出版社的厚爱，将沉睡在储存器里多年的上百篇手记重新“激活”，赋予它们鲜活的生命，带着厚重的历史印记，与新时代的读者见面。

感谢责任编辑李文瑶、设计师 D · A 及出版社的所有工作人员，他们怀着高度的责任感，为本书付出了很多努力和辛劳，在此致以诚挚的敬意！

2020 年 2 月

于北京

查春明主要经历年谱

1957 年 出生于河北省保定市一个革命军人家庭。

1964 年 在河北省保定市二附小读小学，自幼爱好绘画。

1969 年 随父亲部队（河北省军区保定军分区独立团）调防至山西长治市。

1970 年 在山西省长治市友谊学校读小学、初中。

1974 年 在山西省长治市第一中学高中毕业。

1974 年 响应国家“知识青年到农村去”的号召，高中毕业后回河北省魏县插队当回乡知青。

1976 年 应征入伍，国家海洋局北海分局“向阳红 07”船舰艇电工。

1978 年 国家海洋局北海分局调查船大队部电影组放映员，在坚持绘画的同时学习摄影。

1981 年 参加济南军区电影放映技术干部培训班。

1981 年 海军青岛疗养院政治处任电影组长、干事，开始发表美术作品。

1983 年 海军北海舰队后勤部政治部宣传科宣传干事。

1985 年 海军青岛基地政治部宣传处任专职新闻干事。

1986 年 青岛教育学院中文系毕业。

1987 年 获海军新闻特等奖，受到提前晋职奖励。

1988 年 加入中国新闻摄影学会。

1989 年 参加青岛黄岛油库特大火灾采访报道。

1989 年 参加海军“南海 89 演习”，第一次登上西沙群岛。

1989 年 入选《中国摄影家大辞典》。

1990 年 调入新华社解放军分社任军事摄影记者。

1991 年 赴西藏参加西藏和平解放 40 周年采访报道，历时两个月。

1991 年 《告别军校》获第十届全国新闻摄影作品评选金牌奖，载入《中国人物年鉴》。

1991 年 参加湖北抗洪，获得“中国抗洪救灾优秀摄影记者”称号。

1993 年 获首届中国新闻摄影记者金眼奖。

1994 年 赴广东北江参加抗洪救灾采访报道。

1994 年 加入中国摄影家协会。

1995 年 参加海军“神威—95”海上演习报道。

1996 年 赴西藏边防部队进行“中国周边大扫描”系列采访，历时一个月。

1996 年 参加“联合—963”台湾海峡三军联合军事演习。

1996 年 获第二届中国新闻摄影记者金眼奖。

1997 年 随中国海军舰艇编队首次出访美国、墨西哥、秘鲁、智利美洲四国五港，执行采访报道任务。

1998 年 出版《跨越大洋看世界》专题摄影画册。

1998 年 赴湖北长江流域参加抗洪救灾报道。

1999 年 参加新中国成立 50 周年“世纪大阅兵”摄影报道。

1999 年 参加“11・24”烟台海难采访报道。

2000 年 参加海军“神威—2000”海上演习报道。

2001 年 赴海南参加“中美撞机事件”采访报道。

2001 年 随中国海军舰艇编队首次出访德国、英国、法国、意大利欧洲四国，执行采访报道任务。

2002 年 解放军南京政治学院军事新闻学本科毕业。

2002 年 随中国海军舰艇编队首次出访韩国，执行采访报道任务。

2002 年 出版《新世纪航程》专题摄影画册。

2002 年 赴新疆边防部队采访，历时一个半月。

2002 年 在吉尔吉斯斯坦和中国新疆境内参加中吉首次联合反恐军事演习报道。

2003 年 授予海军大校军衔。

2003 年 赴安徽淮河流域参加抗洪救灾报道。

2003 年 赴意大利西西里岛卡塔尼亚采访第三届世界军人运动会。

2003 年《向“恐怖主义”宣战》获中国新闻奖新闻摄影一等奖。

2003 年《向“恐怖主义”宣战》获人民摄影“金镜头”评选非突发新闻类单幅金奖。

2004 年 被海军党委荣记个人二等功。

2004 年 评为新华社高级记者。

2005 年 赴新疆南疆参加巴楚伽师地震抗震救灾报道。

2005 年 赴山东青岛、潍坊，参加“和平使命－2005”中俄首次联合军事演习。

2007 年 出版《瞬间》获奖摄影作品集。

2007 年 随中国海军舰艇编队出访俄罗斯、英国、西班牙、法国欧洲四国，执行采访报道任务。

2008 年 编辑出版《走向深蓝》专题摄影画册。

2008 年 赴四川参加汶川地震抗震救灾采访报道。

2008 年 荣获“全国抗震救灾优秀摄影家”、“2008 抗震救灾优秀新闻摄影记者”称号。

2009 年 随海军“广州”号导弹驱逐舰赴巴基斯坦卡拉奇，参加“和平— 09”多国海上联合军事演习。

2009 年 出版《卡拉奇亮剑》专题摄影画册。

2009 年 赴吉林白城参加“和平使命— 2009”中俄联合军事演习。

2009 年 参加新中国成立 60 周年首都国庆阅兵报道。

2009 年 出版《请祖国检阅》《铁甲雄风》专题摄影画册。

2010 年 乘海军航空兵舰载直升机完成南沙群岛、西沙群岛航拍任务，历时 16 天。

2010 年 随海军“和平方舟”号医院船赴亚丁湾及吉布提、肯尼亚、坦桑尼亚、塞舌尔、孟加拉亚非五国，执行“和谐使命— 2010”采访报道任务。

2011 年 出版《情撒亚非》《和谐之旅》专题摄影画册。

2011 年 当选中国海洋摄影家协会副会长。

2011 年 随海军训练舰编队出访俄罗斯符拉迪沃斯托克港、朝鲜元山港，执行采访报道任务。

2011 年 随“和平方舟”号医院船赴古巴、牙买加、特立尼达和多巴哥、哥斯达黎加等中南美洲四国，执行“和谐使命—2011”采访报道任务。

2012 年 出版《和平使者》专题摄影画册。

2012 年 参加中国第一艘航空母舰“辽宁”舰入列海军采访报道。

2012 年 参加歼 15 舰载机首次在航空母舰“辽宁”舰上成功起降采访报道。

2013 年 随海军舰艇编队赴俄罗斯符拉迪沃斯托克，参加中俄“海上联合 -2013”联合军事演习。

2013 年 随海军“113 舰艇编队”出访美国夏威夷，澳大利亚纽卡斯尔、悉尼，